PRO

Giacomo Pilati

Le siciliane

di girolamo

Le storie di questo libro sono state pubblicate la prima volta nel 1998 nelle “Siciliane” – Coppola editore (Marilena Monti, Maria Guccione, Felicia Impastato, Rita Bartoli Costa, Letizia Battaglia, Caterina Ruffino, Maria Saladino, Rosa Martino) e nel 2008 nelle “Altre Siciliane” – Coppola editore (Margherita Asta, Emma Dante, Pina Maisano Grassi, Nina Di Giorgio, Anna Giordano, Sonia Alfano, Caterina Milana, Angela Lanza, Amelia Scimone, Maria La Rocca di San Silvestro, Marilù Terrasi).

Cortile San Teodoro, 3 – 91100 Trapani
www.digirolamoeditore.com
info@digirolamoeditore.com

ISBN 978-88-97050-29-2

Copertina: Vittorio Maria Vecchi
Impaginazione: Modo – Debora Marchingiglio
Stampa: Printì – Manocalzati (AV)

Prima ristampa agosto 2019

CARATTERISTICHE
Questo libro è composto in New Aster, corpo 11; è stampato su carta Arcoprint Edizioni da 85 gr/m² delle Cartiere Fedrigoni; le segnature sono piegate a sedicesimo – formato rifilato 12,00x17,00 cm – con legatura in brossura e cucitura a filo refe; la copertina è stampata su cartoncino Gardamat Art delle Cartiere Garda da 300 gr/m² plastificata con finitura opaca.

A Salvatore Coppola,
editore, scrittore, gigante

La differenza tra donne e uomini
di Marcello Sorgi

A metà degli anni Settanta, Leonardo Sciascia pubblicò un saggio sulle donne siciliane che gli procurò molte polemiche. Il femminismo da poco era arrivato anche in Sicilia, e Sciascia, con quel suo modo unico di ragionare e di argomentare, pieno di incisi e scanalature scavate con sofferenza, a mano, sulla tastiera della macchina da scrivere, sosteneva che nell'isola, in fondo, le donne avevano meno ragioni di battersi per l'eguaglianza e il riconoscimento dei loro diritti, perché la lotta per la supremazia sugli uomini l'avevano già vinta da un pezzo.

Queste cose sosteneva Sciascia, nella parte del Meridione d'Italia in cui tradizionalmente le donne apparivano più sottomesse, nell'isola in cui il divorzio era passato da poco, a malapena, con numeri risicati, e si era salvato solo su una parte del territorio, mentre la popolazione delle campagne desolate restava arroccata su una certa idea di famiglia, quella di sempre, raccolta attorno al maschio capo di casa.

Appassionato al gioco pirandelliano della realtà e dell'apparenza, Sciascia invece scriveva che le donne siciliane erano, insieme, comandiere e subalterne, piegate, cioè, da una secolare sottomissione, eppure forti e padrone in casa, dove gli uomini dovevano rivolgersi a loro per qualsiasi cosa, anche per sapere in quale cassetto trovare un paio di calzini puliti.

Immaginiamoci il putiferio che queste affermazioni dello scrittore provocarono. Ma come sempre, e come purtroppo sarebbe accaduto molti anni dopo per la polemica sui "professionisti dell'antimafia", Sciascia aveva intenzionalmente voluto sollevare una contraddizione, che una lettura solo superficiale della vita siciliana preferiva occultare. Il tempo e le stesse riflessioni delle donne si sarebbero incaricate, in seguito, di dargli ragione.

Questo libro di Giacomo Pilati è l'ideale prosecuzione del saggio di Sciascia. Non è una valutazione esagerata, anche se quello era un saggio dal sapore fortemente pamphlettistico e questa è una raccolta di storie narrate dalle stesse protagoniste. Ci sono tre elementi che accomunano le donne così diverse che Pilati ha voluto incontrare: il dolore, la consapevolezza e il coraggio. Il primo subito come ingiustizia, la seconda adoperata per raccogliere le forze, il terzo usato per riscattarsi.

Stavolta le femministe non avranno molto da dolersi con l'autore. Intanto perché sono passati molti anni, «pieni di guerre e di ciò che si usa chiamare la storia», come scriveva un altro grande conoscitore del Sud e della Sicilia, Carlo Levi, nel suo *Cristo s'è fermato a Eboli*. E poi perché Giacomo ha colto, e ha saputo descrivere, la fondamentale differenza tra uomini e donne siciliani. Gli uomini credono che tutto sia destino. Le donne pensano che il destino si può cambiare.

IL FUOCO

Margherita Asta

Una fotografia. L'ultima. Io e la mamma. Insieme. E siamo bellissime. E guardiamo lontano.

Io ora sono come lei. Le assomiglio, è così. La faccia. I capelli. Gli occhi. Sono quelli suoi.

Io e quella fotografia. I minuti li vedo passare sui colori di quel momento. Sono tutti qua sotto la pelle. Stupidi. Indimenticabili. Caldi. Lei aveva trentuno anni e io nove. La mia stessa età di adesso. Io ero una bambina e lei era pure la mia migliore amica.

Quando sono arrivati i due gemelli, non avevo nemmeno sei anni. La notte che sono nati loro, io mi sono svegliata nel suo letto. E c'era la zia accanto a me.

«Sono nati».

Mi stropiccio gli occhi.

«Come sono?».

Il cuscino sotto il braccio.

«Due angioletti».

Io mi aspettavo un bambino solo. L'altro gemello nessuno se l'immaginava. Certo, a casa, un poco male ci sono rimasta. Non ero abituata a dividere per tre i baci di mia madre. Di questo periodo però non ho tanti pensieri. Da qualche parte devono esserci, non riesco a trovarli. Per paura di perderli li avrò cacciati in qualche angolo profondo della memoria. E li ho conservati così bene che ora non riesco più a tirarli fuori. O forse li ho solo dimenticati e basta.

La mia storia parte così, da quel maledetto giorno della strage.

Prima vedo solo luci, bagliori, pezzetti, attimi. Ritagli che non so dove mettere perché il disegno non c'è più.

Il motoscafo a Favignana. I compiti tutti assieme nella cucina dopo pranzo. Lei che ci guarda mentre lava i piatti. Mio padre che rientra la sera. La televisione accesa. Giuseppe che è più puntiglioso. Salvatore che è birichino e non sta mai fermo. Uno biondo e uno bruno. Uno testardo e uno no.

Noi non dovevamo essere a Pizzolungo quel 2 aprile. C'era stata una lite con una persona del nostro stesso palazzo a Trapani, e mio padre aveva deciso di abitarci pure d'inverno al mare.

Quella mattina me la ricordo bene. Datemi i pennelli e mi metto a dipingerla precisa a come ce l'ho in testa.

I gemelli non vogliono saperne di vestirsi.

Io non voglio fare tardi a scuola. Mi dà un passaggio una vicina.

Mia madre è dietro al cancello.

«Margherita, cosa ti compro per la gita di domani?».

Il rumore del motore.

«Le fette biscottate, mamma».

«Non la vuoi la brioche del forno?».

Il cancello si chiude.

«No, bastano le fette biscottate».

«Va bene. Buona giornata».

Lo sportello della macchina.

«Ciao mamma».

La prima traversa. La seconda. L'angolo. La strada. Il mare.

Erano le otto meno qualcosa. Le ultime parole.

Di solito scendevamo tutti assieme per andare a scuola. Quel giorno è stata una eccezione.

Loro non volevano vestirsi perché uno voleva mettersi i pantaloni dell'altro, e l'altro non aveva nessuna intenzione di toglierseli. Cose di bambini. E io non volevo arrivare a scuola con il portone chiuso.

Ora sono in classe e c'è la professoressa di educazione artistica.

Bussano alla porta. Entra la bidella.

«Asta in presidenza».

Il divano, due poltrone, la bandiera dell'Italia e la fotografia del Presidente della Repubblica. Il preside. La segretaria di mio padre e un operaio della fabbrica.

«Ti dobbiamo portare a casa».

La campanella che suona.

«Prendi la cartella. Ti aspettiamo giù».

Forse mio padre si è sentito male, ha subìto da poco un intervento al cuore. Certo però che loro le facce le hanno strane. Il preside mi firma il permesso e usciamo.

La terza ora. Le undici di mattina. La tragedia è di tre ore prima. E loro non sanno come dirmelo.

«Giù c'è stato un incidente e dobbiamo girare di qua».

Posti di blocco, sirene, macchine della polizia.

Siamo arrivati a Pizzolungo.

C'è gente dappertutto.

Confusione.

Mi ritrovo nel bagno con mia zia. È l'unico posto tranquillo.

«La mamma ha avuto un incidente. Lei e i fratellini sono all'ospedale».

«Io voglio andarci».

«Sì, sì. Ora ci andiamo».

«Voglio andarci subito».

Fazzoletto di carta.

Il naso che tira aria.

«No, sono morti».

E comincio a piangere. Io volevo vedere mio padre, ma lui stava male ed era a letto. Quel momento è stato un terremoto, mi sono sentita annientata, non sapevo cosa fare. Si è aperta la terra sotto di me, e io ci sono sprofondata dentro.

Cosa faccio? Come cambia la mia vita?

Come posso andare avanti?

No, sono morti.

«Coraggio, Margherita mia. La mamma ti guarda dal cielo».

Ma io che me ne faccio di mia madre che mi guarda dal cielo. Io la voglio di nuovo qua con me. Che mi porta le fette biscottate. Che mi guarda mentre lava i piatti e io faccio i compiti. Che mi pettina i capelli e dopo mi profuma la testa e mi dà un bacio sulla guancia. Io la voglio e non m'importa nulla di quello che è successo.

Dov'è mio padre?

Deve dirmelo lui come faccio ora io senza la mamma.

E invece non me l'hanno fatto nemmeno vedere. E il silenzio ha preso il posto delle parole che avrei voluto sentire.

Da Pizzolungo ci sono passata il giorno dei funerali.

C'era la buca della bomba.

Una voragine, la fossa. Un pozzo di niente, polvere e rabbia.

Mio padre davanti, io rannicchiata dietro la macchina.

«È esplosa un'automobile».

«E l'incidente che c'entra?».

«Una bomba maledetta è stata. Doveva colpire un giudice e invece ha centrato la macchina della mamma».

«Papà, come si chiama questo giudice?».

«Palermo si chiama. Carlo Palermo».

Ora ce l'ho un nome e cognome. È lui che ha rovinato la mia vita. Sì, l'ho odiato. Ma avevo dodici anni e non capivo.

La chiesa era piena, avevo difficoltà pure io a entrarci. Credevo che dentro quelle bare ci fossero loro, i corpi tutti belli composti con le braccia incrociate, il crocifisso al petto e il vestito buono. Come i morti che si vedono in televisione. E invece c'erano pezzi di carne, brandelli, ossa bruciate. Un dito, un braccio, una caviglia. Non c'era niente dentro quelle bare. Niente. Il naso. Forse il cranio.

C'era una parente di mio padre con le unghia smaltate di rosso, e questa cosa mi ha dato fastidio. Una stupidaggine lo so, ma allora mi faceva stare male il pensiero di queste unghia *pittate*. E non so dire perché.

Al ritorno dai funerali ho visto una macchia rossa di sangue sul prospetto di una villetta di Pizzolungo. L'impronta terribile di qualcosa. Il tatuaggio che c'era sul muro era il corpo di Giuseppe. Ho saputo dopo che il lobo del suo orecchio è finito sopra il comodino della stanza da letto di quella specie di sepolcro.

Ho sentito mille ragionamenti in quei giorni di lutto: esplosivo, telecomando, giudice., mafia, timer. Ma erano discorsi così, non mi interessavano veramente. Una radio accesa fuori sintonia. Preferivo restare dentro al dolore, senza contorni e sfumature. Dolore e basta. Loro non c'erano e non li avrei visti mai più. Questa era l'unica cosa che mi faceva stare male. Il resto erano parole. E non mi avrebbero restituito quello che mi era stato tolto.

Qualcuno mi ha messo fra le mani una busta con le cose che avevano trovato di mia madre sull'asfalto. Gli orecchini. Gli occhiali. Il portamonete. Gli anelli. Uno aveva una goccia di ambra, ed era quello che lei amava di più.

Poi siamo tornati a Trapani, io e mio padre.

Io facevo la mammina. Pulivo, cucinavo, lavavo le stoviglie, mettevo la lavatrice.

A scuola, vedevo i miei compagni che non sapevano cosa dirmi e infatti nessuno parlava con me della strage. Mi faceva soffrire la festa della mamma, loro pensavano al regalo, e io ci stavo male. Mi sentivo la pelle scorticata dall'innocenza perché una mattina qualcuno me l'aveva strappata dal cuore.

Poi un giorno tutti sono andati via e noi due siamo rimasti soli.

Con il silenzio dappertutto.

Pesante.

Ingombrante.

Il primo Natale è stato terribile. Guardavo le luci dell'albero dentro la scatola di cartone e non avevo il coraggio di tirarle fuori. Col naso schiacciato sul vetro della finestra, assistevo a una festa che a un tratto non mi apparteneva più. E continuavo a non capire perché questa cosa era successa proprio a me. Mi sarebbe piaciuto stare assieme agli altri, non dico fare baldoria, ma un poco di compagnia quella sì. Magari con i miei cugini. E invece siamo rimasti soli.

Nell'agosto del 1986 mio padre mi ha presentato la sua nuova compagna, Antonina. Una passeggiata in macchina e ha cominciato a parlarmi di lei: «È una brava persona. Per te può essere una buona amica».

All'inizio ho provato un po' di gelosia. Io non l'ho mai giudicato per questa storia. I parenti di mia madre all'inizio invece sì. E lo hanno allontanato. Per me i miei zii erano importanti, e questo distacco mi ha fatto soffrire tanto. A Trapani è successo un manicomio. Passavano dal negozio di Antonina apposta per insultarla. La città si è sollevata contro di lui. Un giorno ero nel retrobottega con mia cugina e ho sentito una persona che la ingiuriava; lei era colpevole di amare mio padre. Sono rimasta sconvolta. Mi sono trovata in mezzo a un covo di veleni.

Quando poi si sono sposati, io stavo già assieme a lei. Fra noi due è nato subito un rapporto straordinario. È una donna eccezionale e mi ha fatto da mamma, da amica e da sorella.

Io di processi, di indagini non conoscevo nulla. Quando ho visto mio padre sentirsi male perché avevano assolto gli assassini di Pizzolungo, allora ho cercato di capire cosa era accaduto veramente. A quel punto lo strazio non poteva rimanere più un fatto privato. Mi sono indignata. E ho cominciato a chiedere e a cercare. Era il 1992. Sono partita dai giornali che c'erano a casa con la cronaca di quella settimana. Poi gli atti del processo, fino alla sentenza. Lì c'erano le prime descrizioni, i dettagli. La ricostruzione dell'attentato, gli effetti devastanti su mia madre e i miei fratelli.

A diciotto anni ho scoperto la verità.

Non mi interessavano tanto i nomi degli imputati. No, io volevo sapere come erano morti loro.

Non hanno capito nulla, non hanno sofferto.

Tutto in un decimo di secondo, neanche il tempo di avere paura. Un istante e si sono polverizzati. Bum.

La prima volta che sono entrata in una aula di giustizia era il 2002. Hanno riaperto il processo ai mandanti e quelle immagini erano lì fra gli atti, sotto il mio naso. Mi sentivo in grande imbarazzo. Gli imputati erano in video-conferenza. Il piemme aveva il carteggio e anche le fotografie. Le ho viste tutte, non me ne sono persa una. Giù, come uno sciroppo che fa schifo ma sai che dopo ti fa bene.

Per una settimana non ho avuto la forza di uscire di casa. Il corpo di mia madre a pezzi. Il volto di mio fratello una maschera flaccida di carne. La pelle e basta. Forse ho voluto fare i conti con la mia storia. E dopo mi sono sentita più forte. Quelle foto erano quello che mi ero persa. Ora sapevo, i miei ricordi avevano altri frammenti.

Dopo la morte di mio padre nel 1993 ho chiamato il giudice Palermo. Volevo conoscerlo, guardarlo negli occhi. La sua voce però tradiva una prudente diffidenza; il momento non era ancora quello giusto.

Nel 2004 ho incontrato il suo avvocato e mi ha fatto parlare di nuovo con lui. Pensavo che sarebbe stato importante invitarlo a Pizzolungo per l'anniversario organizzato con "Libera".

«Non mi sento bene. Non ho voglia di tornare in Sicilia».

Un altro appuntamento mancato.

Nel 2006 il *Corriere della Sera* mi ha intervistata e io ho detto che il 2 aprile ha cambiato la vita a me e a lui.

Il nostro anno zero.

Don Luigi Ciotti è riuscito a combinare l'incontro a Trento. Un momento che aspettavo da ventuno anni. In principio è stato molto freddo, quasi di circostanza. Aveva bisogno di parlare, però. E abbiamo parlato tanto. Alla fine ci siamo salutati, giurando di non perderci più di vista. È nata un'amicizia. Lui ha vissuto la mia stessa storia in modo diverso. Ora ogni tanto ci sentiamo come buoni amici. Abbiamo chiarito alcune cose importanti fra di noi. A lui è servito per alienare il senso di colpa. Io ho trovato una persona che mi può capire.

Sono due storie che si sono attraversate e incrociate, senza darsi orario.

Quando sono stati assolti gli esecutori materiali, il dolore è diventato rabbia, accusa. Non potevo restare immobile.

L'associazione Libera mi ha offerto la possibilità di diventare testimone attiva della mia vicenda, una esperienza che mi ha fatto scoprire una forza e un coraggio che non credevo di avere.

Don Ciotti per me è una persona speciale, il fratello maggiore a cui chiedo consigli. È lui che ha cambiato di nuovo la mia vita. I miei familiari stavano per essere dimenticati. E non è giusto far precipitare nel buio questo pezzo di storia italiana.

Ora nelle scuole racconto la mia esperienza. La mafia può colpire chiunque. Io mi sono salvata per caso. Prima uccideva con le bombe, adesso lo fa in modo diverso negando diritti. Penso all'istruzione, al lavoro, non ci sono centri di aggregazione, mancano molte cose elementari. I ragazzi sono molto attenti, ma tanti non conoscono questa tragedia.

All'inizio mi stavo chiudendo in me stessa. Poi ho deciso di gestire meglio questo dolore. La spinta per superarlo si è trasformata in coraggio. La forza arriva dal dolore ma anche dalla speranza. Avevo fatto bene a ricominciare dalla crudeltà di quelle fotografie del processo. Quelle maschere di carne chiedevano giustizia.

Tutti devono sapere. Tutti devono imparare a odiare la mafia.

Questa città non ha memoria. Dimentica in fretta. I fatti non cambiano quasi niente. L'indignazione dura poco. Chi parla di mafia viene visto come un forsennato, uno che vede solo nero. La città rimuove, preferisce volgersi dall'altra parte.

In tutti questi anni ho sentito attorno a me sentimenti diversi. C'è chi mi dice di stare attenta, chi solidarizza, chi fa finta di solidarizzare. Chi viene ogni anno alle celebrazioni del 2 Aprile per adempiere a un rito e poi se ne va e non gli importa nulla. Io detesto il modo in cui vengono fatte queste commemorazioni. Passerelle politiche. Penso invece che può essere bello realizzare a Pizzolungo un giardino della memoria.

Per disarmare la mafia è giusto non dimenticare.

La mafia qui è pure un atteggiamento però. C'è un mercato del lavoro e imprenditoriale che non è libero. Per andare avanti servono le amicizie, le raccomandazioni. C'è poca libertà. La memoria può servire a scuotere le coscienze dormienti. E sono molti quelli che sonnecchiano. Anche io per molto tempo non sono stata sveglia. Ma c'è pure molta fiducia. Le cose nella scuola stanno migliorando, si parla di legalità. Ci sono progetti che hanno un senso, i ragazzi hanno gli occhi più aperti. C'è una società civile che si sta muovendo.

Io non ho avuto ancora giustizia, non lo so chi ha premuto quel pulsante che ha fatto scoppiare mia madre e i miei fratelli. Mi piacerebbe vederli in faccia, gli assassini. Mi basterebbe uno sguardo per vomitare sui loro occhi la mia condanna. La mafia c'entra ma non è soltanto mafia.

Carlo Palermo mi ha detto che fra qualche generazione forse si saprà la verità sulla strage di Pizzolungo.

Fra qualche generazione forse. Fra qualche generazione forse Trapani sarà migliore.

Felicia Impastato

Pioveva il giorno in cui hanno ucciso il figlio mio.

Ci dovevamo vedere la sera prima a casa di una mia cugina che tornava dall'America. Ma a quell'appuntamento Peppino non arrivò mai. Se lo sono portati da qualche parte con la forza quei bastardi prima di ammazzarlo.

Non deve essere stato difficile sequestrarlo perché lui con la macchina prendeva solo strade fuori mano. Non aveva la patente e aveva paura che i carabinieri lo fermassero.

Quando ho saputo cosa era successo a Peppino, mi sono sentita la casa crollarmi addosso. Mi è venuto un nodo al petto. Sono riuscita solo a fare un urlo. Come un animale ferito. E poi basta. Per due giorni non ho parlato.

Che cosa orribile gli hanno fatto.

E non me l'hanno nemmeno fatto vedere morto il figlio mio perché era a pezzi. Pensavano che mi venisse un colpo. Sui binari hanno raccolto solo le mani e i piedi. E mi sarebbe bastato toccare soltanto un pezzetto della sua carne per sentirlo accanto a me per l'ultima volta.

Non potevo dormire. Avevo paura per l'altro figlio mio. Non mi lasciavano in pace nemmeno dopo che me l'hanno ammazzato. Continuavano a dirmi di stare attenta. Di non dire nulla. Di rassegnarmi.

Io avevo cominciato ad avere paura dopo la morte di suo padre. Temevo che la scomparsa di mio marito potesse liberare la mano dei killer fino a quel giorno frenata dall'impedimento di dovere uccidere il figlio di un amico.

Figlio rinnegato, maledetto, ma sempre figlio di un amico.

Peppino era un ragazzo intelligente. E dalle nostre parti questo è un difetto perché chi pensa con la propria testa è visto male.

Faceva politica.

E non era democristiano.

Aveva contrasti con mio marito. Lui non voleva che parlasse male della mafia. Perché era parente di mafiosi, perciò era mafioso pure lui. Appena gli sentiva pronunciare la parola mafia diventava una bestia.

«Te la devi dimenticare questa parola. U capisti? Dimenticare».

«Ci leva il futuro, la bellezza, il lavoro, la speranza. E io devo fare finta di niente? Non se ne parla. Diccelo ai tuoi amici che non se ne parla».

Poi lo afferrava per il collo della camicia e lo sbatteva a muro come una pezza. Ma lui non gli dava nessuna soddisfazione. Lo guardava fisso negli occhi e usciva di casa. Ritornava di notte quando suo padre dormiva, per non farsi vedere.

Peppino era un ragazzo buono, serio, educato. Lottava contro la mafia e questo nel 1978 era un difetto. Poi ha aperto il Circolo di musica e cultura e tutti i ragazzi che erano un poco sbandati se li portava dietro. Voleva recuperarli, strapparli alla mafia. Non facevano niente di male, vedevano film, ascoltavano musica.

Aveva cominciato a fare politica a diciotto anni. Era comunista, di Democrazia Proletaria.

Io mi spaventavo per le cose che diceva e gli dicevo di smetterla e di pensare allo sport, alle ragazze. Come gli altri. Perché lo sapevo che la mafia non perdona nessuno.

«Mamma, questi ragazzi hanno bisogno di capire».

«Ma non possono pensarci per i fatti loro?».

«Dobbiamo crescere tutti assieme. Questo paese va cambiato. Lo dobbiamo liberare. E ci riusciremo, vedrai».

E me lo diceva accarezzandomi i capelli.

A quei picciotti raccontava la malvagità della mafia. Tante volte ho cercato di spiegare a mio marito che Peppino aveva ragione. Ma ogni volta che parlavo di lui si arrabbiava. Gridava, sbatteva i pugni sul tavolo e se ne andava al circolo. E quando rientrava mi diceva: «Se parli ancora di quella persona ti butto fuori».

Mio figlio non si faceva piegare da nessuno, era un combattente.

«Mamma, i cinisari accettano la mafia come se fosse un male necessario. Anche di fronte all'evidenza si rifiutano di rinnegarla. Si voltano dall'altra parte, preferiscono non vedere. E papà è uno di loro, per questo ce l'ha con me».

«Peppino, lo fanno per il quieto vivere, perché hanno paura. E io pure ho paura per te».

E sorrideva, prendendomi la mano. Come per scacciare un pensiero cattivo.

Il figlio mio lottava per il bene del suo paese. E i cinisari, invece di ringraziarlo per quello che faceva, lo ingiuriavano e gli davano la caccia a male parole. Perché qui tutti erano dalla parte della mafia. E la mafia per tutti significava lavoro e protezione.

Ora che la guerra è finita dicono che come lui ce ne vorrebbero mille.

Ora è diventato una specie di eroe.

Però quando era vivo non lo difendeva nessuno. Dicevano che contrastava lo sviluppo economico del paese.

A me di quello che mormoravano in piazza non mi interessava niente. Sapevo che mio figlio aveva buoni ideali. E questo mi bastava.

Io gli davo protezione. Lo facevo entrare a casa di nascosto, gli davo da mangiare. Lo facevo lavare, gli preparavo la biancheria pulita. E poi lo facevo scappare appena sentivo suo padre rientrare. Mai si sono incontrati padre e figlio. Sono stata attenta.

Dopo la tragedia di Peppino ho saputo dai carabinieri che mio marito prima di morire era stato in America. Non mi aveva detto niente. Io penso che la mafia italo americana che si sentiva attaccata dal povero figlio mio, lo invitò ad offrire garanzie. Doveva rassicurarli che la situazione era sotto controllo e che insomma ci avrebbe pensato lui a metterci un freno. Padre e figlio però non si parlavano già da mesi. E lui non ci poteva col carattere di Peppino.

Quando quel maledetto giorno di pioggia sono venuti i carabinieri a casa mia, ho pensato a una rissa. Ho chiesto cosa era successo e mi hanno risposte che erano cose di ragazzi. Però cercavano fotografie.

«Hanno ammazzato a mio figlio, vero?».

«Signora si calmi, non è successo niente».

Gli investigatori seguirono subito due piste: l'attentato terroristico e il suicidio, escludendo senza ragione l'omicidio di mafia che era la cosa più facile da pensare. Ma io non ci ho creduto a quello che dicevano loro. Peppino era stato minacciato. Me lo sentivo che alla fine lo avrebbero ucciso. Una madre certe cose le sa e basta.

Dopo la sua morte non sono stata in silenzio.

Ho reagito.

Non volevo che mio figlio passasse per un suicida o per un terrorista. Anche se nessuno lo diceva apertamente, i cinisari erano tutti convinti che ad ammazzare Peppino era stata la mafia.

Per non parlare poi della pista dell'attentato terroristico.

Nessuno lo immaginava con una bomba fra le mani pronto a fare saltare un binario della ferrovia. Mio figlio era un pezzo di pane, e detestava tutti i tipi di violenza.

Dopo la sua morte, la cosa che mi ha fatto più male è stato il silenzio degli investigatori. C'è stata resistenza a riconoscere l'omicidio di mafia perché la magistratura del tempo era al servizio di una classe politica corrotta e mafiosa.

All'inizio volevo stare zitta. Ero paralizzata dalla paura. Ho deciso di parlare quando ho capito che il mio silenzio era stato coperto dai rumori di chi aveva interesse a farlo passare per pazzo, per terrorista. Ho alzato la voce su tutte le altre e per la prima volta sono diventata autoritaria.

L'autorità che dà la dignità del dolore.

E da quel momento non mi sono più fermata. Ho parlato per difendere la memoria di mio figlio e sempre la difenderò. Sono vecchia, che mi possono fare. Anche se mi ammazzano non potranno togliermi la libertà che la sua morte mi ha regalato. La libertà di non avere paura, la libertà di avere detto che la mafia fa schifo quando tutti calavano la testa e dicevano signorsì.

Ormai non mi interessa più nulla della mia vita. Il bene più grande me lo hanno tolto.

Il ministro dell'Interno Gava voleva da me le prove che mio figlio era stato ucciso dalla mafia. Io gli ho risposto che le prove dovevano trovarle loro, se avevano il coraggio di cercarle. Bastava ragionare su un fatto: mio figlio attaccava la mafia in un paese governato dalla mafia. E lo sanno pure i bambini dalle nostre parti che questo atteggiamento negli anni Settanta valeva una condanna a morte.

C'è voluta la sentenza di Caponnetto per stabilire in modo definitivo la matrice mafiosa dell'omicidio. Per me questo è stato un momento importante. Prezioso è stato anche il contribuito di Rocco Chinnici che ha fatto l'istruttoria e col quale ho parlato. Quando mi ha chiamata Paolo Borsellino e mi ha chiesto come potevo affermare che era stata la mafia ad uccidere mio figlio, io gli ho risposto così: «Signor giudice, a scuola i professori comandano e gli alunni obbediscono. Nella mafia è lo stesso, i capi ordinano e i picciotti eseguono. Gli ordini sono partiti da lontano, i sicari da molto vicino. E così hanno fatto quello che dovevano fare di mio figlio».

Da allora la mia vita è molto cambiata. Trovo la forza di vivere solo guardando la sua fotografia. Ha uno sguardo così profondo che mi è rimasto dentro. Questa fotografia non è appesa al muro. Il chiodo è dentro il mio cuore. Sanguina e mi fa compagnia. Sanguina perché Peppino non ha avuto giustizia.

Dopo tanto tempo i suoi assassini non hanno ancora un volto.

In tutti questi anni ho cercato di abituarmi al dolore. Ho imparato ad averne rispetto. Mi consola. Certo ho ancora tanta rabbia dentro. La rabbia per il disprezzo dei parenti del padre. Nessuno di loro mi è stato vicino. Sono ancora convinti che Peppino questa fine se la sia cercata.

Io ho due nipoti, un maschietto e una femminuccia. Tutti e due sono sempre stati incuriositi dai miei vestiti neri. Ma come si fa a spiegare il lutto a due bambini così piccoli? Mancano le parole. Era difficile parlargli di Peppino.

Quando la femminuccia ha cominciato a leggere, ha trovato fra le mie carte un manifesto dove c'era scritto "La mafia uccide e il silenzio pure". È andata a chiedere a sua madre il significato. Mia nuora non sapeva cosa dirle. E allora ho risposto io: «Quando la gente ha paura non dice quello che pensa e diventa cattiva e bugiarda. Per questo non bisogna mai avere paura». Poi il maschietto, che ha saputo da suo padre che Peppino era stato ammazzato dagli uomini cattivi, mi ha chiesto se Giuseppe era ricco e se l'avevano ucciso per questo.

«Giuseppe non era ricco di soldi ma di coraggio. Era un politico che parlava male della mafia quando nessuno ne parlava per paura. E gli uomini cattivi sono i mafiosi»

«Lo hanno ammazzato come Borsellino e Falcone, vero nonna?».

«Certo, facevano cose diverse ma la morte è stata la stessa. Tutti e tre lottavano la mafia. Tutti e tre lottavano da soli contro troppi nemici».

Sonia Alfano

Lo hanno ammazzato l'8 gennaio 1993. Alle dieci e mezza di sera.

Mio padre era un insegnante di applicazione tecnica. E per passione civile faceva il giornalista. Il corrispondente da Barcellona Pozzo di Gotto del quotidiano *La Sicilia*.

Mio padre era un uomo perbene. E non aveva mai fatto male a nessuno.

Ci sono immagini di lui che non mi abbandonano mai. Il suo tavolo pieno di carte, gli appunti dappertutto, il computer sempre acceso, il telefono, le agende, le riviste della scuola. Una confusione incredibile.

Poi un'altra sequenza, questa volta in movimento. Scende le scale di corsa con la macchina fotografica al collo. Ha appena ricevuto una telefonata. Vicino a Barcellona hanno trovato uno dei cimiteri della mafia e lui ci deve andare subito per arrivare in tempo sulla notizia.

Non aveva fatto studi particolari per diventare giornalista, era un perito agrario, un autodidatta. Aveva una scrittura molto particolare, asciutta, diretta, cruda, affilata. Ma anche ironica. Un giornalista d'inchiesta, come si dice ora. Ci metteva il cuore nelle cose che faceva. Per ogni articolo gli davano 4.500 lire, una miseria. E l'assegno arrivava dopo tre mesi. Rullini, macchine fotografiche e benzina inclusi. Probabilmente ci rimetteva.

Dal 1991 lavorava per *La Sicilia*, prima aveva fatto tanta radio privata. Mi ricordo che il trasmettitore di *Canale 30* era montato nel nostro salotto a Messina, fra i divani e il tavolino coi fiori finti. Con le televisioni locali l'impegno era cresciuto ancora di più. La sua prima emittente si chiamava *Telenews* e l'aveva aperta con il vecchio compagno di imprese giornalistiche Antonio Mazza, ucciso sette mesi dopo la sua morte.

Io avevo un legame molto forte con mio padre, forse perché ero l'unica figlia femmina. Un rapporto semplice basato sulla fiducia, sul rispetto. Se durezza vuol dire coerenza, lui sull'educazione era un duro. A noi era assolutamente vietato alzarci da tavola prima di avere finito di pranzare. Bastava uno sguardo a rimproverarci. Le sue regole mi hanno insegnato che la disciplina serve a diventare grandi. Alle otto e mezza di sera dovevamo essere tutti dentro perché c'era la cena. Si spegneva la televisione e si parlava. Ognuno raccontava quello che aveva fatto nel corso della giornata. Quando uno ha un genitore così presente, la sua assenza dopo diventa un vuoto che è una tragedia. Perché lo hai amato e lui ti ha amato. Perché non c'è più in un momento e tu non ti sei abituato a perderlo così.

Una sera di novembre del 1992 mi sono accorta di quello che stava accadendo. Era il tempo delle minacce. Il tempo di quando manca il tempo.

Era appena tornato da un appuntamento all'Aias, l'associazione per il sostegno ai disabili a cui stava lavorando con i suoi articoli. Ho aperto la porta dello studio.

«Sonia, fammi un caffè».

«Che hai papà? Sei strano».

«Cose da pazzi. La gente è veramente senza faccia».

E sono andata in cucina a preparare la caffettiera.

Lui dietro i vetri della finestra, con l'indice e il pollice a torturarsi il labbro. E io con la tazzina in mano.

«Papà, che cosa ti è successo?».

«Ho visto una persona oggi. Mi ha offerto dei soldi per smettere di scrivere».

«E tu che gli hai risposto?».

«Che non sono in vendita».

«E lui che ha detto?».

«Mi ha minacciato».

«Non devi preoccuparti. Lo sai come vanno queste cose da noi, uno le dice solo per vedere di che pasta è fatta la persona che ha davanti».

Ho capito che lui aveva paura, e la sua paura in un attimo me la sono sentita addosso. Era ansia, preoccupazione. Uno stato d'animo che lo ha accompagnato fino all'ultimo, in quei due mesi di calvario. Alcuni giorni prima, mia madre gli aveva chiesto di accompagnarla a comprare le scarpe. E per la prima volta l'ho visto accampare delle scuse per non uscire di casa.

«No, vacci da sola. Sai, ho delle cose da fare. Tanto tu non hai bisogno di me per queste faccende».

Non era un atteggiamento normale. Così sono uscita io con mia madre. Al ritorno mio padre era nel suo studio. Si vedeva che ci stava aspettando.

«Sonia, vi ha seguito qualcuno?».

«No papà».

«Meglio così».

«Perché me lo chiedi?».

«No, niente. Volevo saperlo e basta. Allora mi fate vedere queste scarpe della mamma?».

E ha cambiato discorso, come se si fosse pentito di avermi fatto questa domanda.

Quattro giorni dopo lo hanno ammazzato.

Io un rimorso ce l'ho, me lo porto dentro da quel maledetto momento che me l'hanno strappato dal petto. Quando lui mi ha fatto capire che aveva paura, io questa cosa l'ho sottovalutata. Lui non mi ha detto ho paura, ma io l'ho sentito che ce l'aveva addosso come una malattia che non si può guarire. Perché uno pensa che queste sono cose che possono capitare agli altri, mai a te. E invece di prenderla sul serio questa malattia, io l'ho rasserenato.

Ho cercato di convincermi che lui stesse esagerando. Soltanto perché mi faceva comodo allontanare il pericolo, per non preoccuparmene. Stavo compiendo un esorcismo. Nelle ultime due settimane ho cominciato veramente a non dormirci. Era molto controllato. Aveva una fitta collaborazione con i carabinieri e i magistrati, ma nessuno aveva pensato a una scorta, a una protezione. Volevo proteggerlo, ma non sapevo come fare. Loro erano i grandi e i grandi sanno proteggersi da soli. Quando si pensa ai genitori si crede che loro ci saranno sempre in tutte le tappe della nostra vita. Uno pensa fra dieci anni mi laureo e alla festa li vedi là insieme a te con l'abito buono e dopo al ristorante seduti che battono le mani. Così ho sempre allontanato da me l'idea di una sua assenza. Ma le ultime due settimane ho cominciato veramente a temere per la sua vita. Una sera mio padre mi ha chiesto di seguirlo in soggiorno. Aveva fra le mani il suo blocco di appunti.

«Leggilo».

Mi sembravano parole senza senso. E lo erano. Ma bastava mettere insieme la prima lettera della prima parola con la seconda della seconda, la terza della terza e così via per avere un frase di senso compiuto. Era un messaggio criptato, lui mi aveva dato la chiave. Per leggerlo tutto però dovevo ancora aspettare.

«Sonia, se mi dovesse succedere qualcosa, qui c'è un riferimento importante su cui sto lavorando».

«Papà va bene, ho capito. Ma tu devi stare sereno. Non ti accadrà niente, vedrai».

Ancora tre giorni.

Uno.

Due.

Non c'è più.

La notte dell'assassinio, quando la polizia ha preso tutto quello che poteva essere utile alle indagini, il quaderno era sparito. Non risulta catalogato. Qualcuno l'ha preso e le forze dell'ordine non c'entrano.

Questa è roba di servizi segreti.

Nei giorni che hanno preceduto la morte di papà, in paese si respirava una strana atmosfera di cronaca di una morte annunciata. Ma io questo l'ho capito solo dopo, quando ormai era troppo tardi. Mi preoccupavo, ma allo stesso tempo cercavo di tenere lontana la paura, per sconfiggerla. Per dimenticarla. Mi convincevo che non era possibile, stavo esagerando. Ma dai, che deve capitargli? In Sicilia uno che scrive così è meglio farlo *scantari* e lasciarlo vivo. Lui aveva capito tutto però.

Ogni volta che rientrava tardi, io non riuscivo a prendere sonno. Vivevo con questo incubo. Tutte le sere, appena sentivo che apriva il portone, spegnevo la luce del comodino e mi giravo dall'altra parte. Lui si fermava al buio davanti la cameretta e mi diceva: «È inutile che fai finta di dormire, lo so che sei sveglia». Ed ero contenta perché anche quella sera il panico era stato immotivato. E lui era vivo.

Era testardo, determinato, coerente fino alla fine. Avrebbe potuto ritirarsi dalla partita in qualsiasi momento, ma non l'ha fatto. Rigoroso, ecco com'era. Aveva la sua missione di verità da compiere.

Per le sue inchieste, per il partito o il sindacato, non ha mai trascurato la famiglia. Ogni domenica ci portava sui Nebrodi. Le lunghe passeggiate in montagna. I laghetti, i cavalli, una corsa sotto il sole.

Adesso che sono mamma mi rendo conto che non è importante la quantità ma la qualità del tempo che si dedica ai figli.

L'8 gennaio 1993 ce l'ho dentro agli occhi. La mattina è uscito per andare a scuola. Fuori dal portone ha visto che c'era una persona che guardava il nostro balcone.

«Scusi, ma cosa c'è da guardare?».

«No, niente. Mi incuriosiscono le antenne che ci sono sul terrazzo».

«Perché, cosa hanno di particolare?».

«È vietato guardare, forse?».

Al citofono.

«Scendimi la macchina fotografica che qua sotto c'è uno che non mi convince».

Ci siamo incontrati per le scale. Il tempo di affacciarsi di nuovo e questa persona era scomparsa. La scuola, il Provveditorato. A Messina, una persona gli aveva consigliato di mettere da parte le inchieste che stava facendo per il giornale. Quel pomeriggio è rimasto a casa. Ha ricevuto uno del Movimento Sociale, il suo partito. Con lui si è chiuso a chiave nello studio. A metà pomeriggio mi ha chiesto un caffè. La cena tutti insieme, un pezzo di "Chi l'ha visto" in televisione. Poi ha cominciato ad avere mal di denti. Alle nove e mezza è uscito, doveva cercare una farmacia di turno. Dopo, sarebbe passato dalla stazione a prendere mia madre che arrivava col treno da Patti.

Alle dieci e mezza ho sentito la sua macchina.

Il motore si ferma.
Le sicure si abbassano.
La chiave nel portone.
I passi sul pavimento.
Il silenzio di Barcellona.
Ho acceso il fuoco per riscaldare la minestra.
Il portone che si richiude.
L'automobile di nuovo.
I copertoni che stridono sull'asfalto.
Ho aperto la porta di casa, mia madre stava salendo le scale.
«Tuo padre se n'è andato. All'improvviso si è girato verso la piazza, e mi ha detto chiudetevi sopra che sto venendo».
«E tu l'hai lasciato andare così?».
«E che dovevo fare?».
Ho fatto diecimila telefonate al suo cellulare, ma lui non rispondeva.
Il silenzio di Barcellona a un certo punto si è rotto.
Le sirene dei carabinieri.
Giravano attorno al ponte e poi dietro casa.
Squilla il telefono.
È un collega di mio padre. Lavora alla *Gazzetta del Sud*.
«Pronto, c'è papà?».
«No, ma sarà qui a momenti».
«A Barcellona c'è stato pochi minuti fa un omicidio. Appena arriva fammi chiamare subito».
Chiamo la redazione de *La Sicilia*.

«Sono Sonia Alfano. C' è papà lì?».

«No, non c'è».

«Ma l'avete sentito?».

«Sappiamo che c'è stato un morto proprio vicino a casa tua. Se lo vedi digli che lo cerchiamo».

«A chi hanno ammazzato?».

Una voce in fondo al silenzio del telefono.

Una risposta lontanissima.

Un lamento.

Una lama.

Una ferita al cuore.

«Hanno ammazzato Beppe Alfano».

Ho chiuso il telefono e ho guardato mia madre.

«Mamma, hanno ammazzato papà».

Uno pensa che in certi momenti è naturale abbandonarsi alla disperazione e al pianto. E invece no. Io e mia madre siamo rimaste pietrificate. Come due madonne in una chiesa.

«Sonia, io scendo giù. Voglio andare a vedere. Non è possibile, si sono sbagliati...».

«Vedrai che forse ho capito male. Vedrai che è solo ferito. Vedrai che...».

È scesa in strada da sola, con una dignità incredibile. Io sono rimasta a casa con i miei fratelli. Ferma. A guardare giù.

Lampeggianti.

Notte.

Divise.

E mia madre sorretta da due poliziotti. Non c'era più speranza. Non si erano sbagliati al giornale.

Avevano ammazzato Beppe Alfano.

Mio padre.

Dal momento in cui mia madre è salita, noi non siamo rimasti più soli. La casa è stata invasa da decine di persone. Gli investigatori cercavano qualsiasi cosa. Ci spostavano da una camera all'altra per rovistare meglio. Un poliziotto è entrato nella stanza dei miei fratelli e col calcio della pistola ha aperto il lucchetto di un armadietto della libreria. Tutto quello che c'era lì dentro è finito in uno scatolone, libri di scuola, fotografie, le letterine di Natale con la polvere argentata. Tutto. Non c'era più nulla. Solo quella inutile violenza. Nessuno ci ha spiegato quello che stava succedendo. Io guardavo la porta del soggiorno e dicevo a mio fratello più piccolo di non avere paura.

«Sonia, ma quando viene papi?».

«Vedrai, fra poco arriva e li butta fuori tutti».

Per i funerali mia madre ci ha raccomandato di non piangere.

«In chiesa ci sarà pure l'assassino di vostro padre. Questa soddisfazione non ce la dobbiamo dare. Il primo che piange, a casa».

In chiesa sono rimasta sola con lui. Ho abbracciato la bara con disperazione. Ma anche con tenerezza. Volevo tirarlo fuori. Scardinare quei chiodi. Stringerlo l'ultima volta al petto. Dopo sono entrati tutti. C'è stata una compostezza surreale, un grande esercizio di fierezza. Mi chiedo come ho fatto a trattenere le lacrime, come ho fatto a leggere sul pulpito quella pagina del Vangelo.

Subito dopo il funerale, il magistrato che si occupava delle indagini ha consigliato a mia madre che era meglio lasciare Barcellona. Perché quello non era un posto per noi.

Migliaia di persone in chiesa, e il giorno dopo non ci conosceva più nessuno. Non ci salutava più nessuno. Le mie compagne di università hanno fatto a gara a rimediare scuse per non studiare con me. La mia migliore amica mi ha confessato che i suoi genitori le avevano chiesto di non frequentarmi più. A lei dispiaceva, ma non poteva farci nulla. I vicini di casa si giravano dall'altra parte. Qualcuno ce l'ha detto in faccia che doveva tenersi lontano da noi per paura. Espulsi.

Siamo andati via da Barcellona sei giorni dopo la morte di mio padre. In giro si diceva che lui era stato ucciso per debiti di gioco. Forse aveva violentato una sua alunna. Forse era un delitto passionale. La solita strategia della mafia che uccide due volte, il cuore prima, la memoria dopo.

Fango.

Barcellona in principio ci ha creduto, dopo ha fatto finta di crederci. C'è sempre un cordone di persone che ha quel compito, buttare melma sulla figura di mio padre, gli irriducibili insomma. Le stesse persone che ora hanno deciso di prendersi cura di me con calunnie, volgarità, maldicenze. Mettendo sotto i piedi la mia dignità, accusandomi di volere sfruttare la memoria di mio padre per chissà quale carriera.

Siamo finiti a Palermo. La città era abituata a convivere con persone con la nostra storia. Diversi comitati ci hanno espresso solidarietà e affetto.

Quando ritornavo a Barcellona per portare i fiori sulla tomba di mio padre, già al casello dell'autostrada mi sembrava di entrare in un altro mondo, cupo e pieno di nubi. Ed era la stessa sensazione pure se c'era il sole ed era una bella giornata. Non vedevo l'ora di andarmene.

A Palermo mi sono avvicinata a Leoluca Orlando, lavoravo nella sua segreteria. Accanto a lui ho capito che dovevo fare i conti con quel posto, non potevo liberamene così.

Il primo passo è stato un incontro politico nell'aula consiliare del mio paese. Lentamente ho ripreso contatti e rapporti. Io non ce l'avevo con le persone. Mi faceva arrabbiare piuttosto quella mentalità sbagliata. Una città cannibale. Aveva ingoiato tutto. I ricordi. La vita di mio padre. Le nostre vite. E ora i barcellonesi mostravano un interesse che proprio non mi aspettavo.

Tutti quegli anni di assenza avevano fatto scattare una generazione, e anche meccanismi diversi. Il silenzio, quel silenzio, aveva partorito i mostri. Che si erano combattuti fra di loro. Fino all'ultimo sangue.

Con il movimento Città aperta di Barcellona, un bel gruppo di giovani onesti e coraggiosi, sono tornata per la seconda volta. Ho segnalato connivenze, ho fatto nomi e cognomi. Politici, magistrati, assessori, e consiglieri comunali. La reazione? Una forte curiosità. Nel paese le cose sono andate in un certo modo solo perché non c'è mai stata una opposizione vera. Non c'è mai stato nessuno dall'altra parte.

Le denunce di adesso sono sempre quelle di quindici anni fa. Quelle di mio padre, la mala politica, le connivenze con la mafia. Ma non sono più sola per fortuna. Dietro di me vedo altra gente. Le cose stanno cambiando.

Non credo che tornerò di nuovo a vivere a Barcellona. Ci vado d'estate e tutte le volte che mi chiamano. E non vedo più le nubi al casello autostradale anche quando c'è il sole.

A un certo punto ho cominciato a fare testimonianza militante. Le scuole mi invitano, vogliono conoscere la mia storia. Il confronto con i ragazzi è una miniera. Io li rendo partecipi della nostra richiesta di legalità. Ma la realtà che li circonda è una gabbia di illegalità: politici condannati che siedono fra i banchi del Parlamento, il lavoro che non c'è.

Ho pagato caro il tentativo di evitare ai miei figli la verità che mi ha cambiato la vita. Avevo sempre raccontato che il loro nonno era morto per colpa di una grave malattia.

Nel 2002 era l'anniversario della sua scomparsa, loro erano in chiesa con me e io stavo parlando con alcune persone. Da qualcuno hanno sentito bisbigliare che quella messa era per il nonno che era stato ammazzato dalla mafia.

«Mamma, non ci hai detto la verità. Il nonno è stato ucciso perché era cattivo».

«No, è tutto il contrario. Lui si è messo contro i mafiosi, ha denunziato le menzogne, i loro traffici, e per questo lo hanno ammazzato».

«Noi allora dobbiamo essere orgogliosi del nonno».

«Sì, orgogliosi».

«Ma allora è morto come quel ragazzo del film *Cento Passi*?».

«Sì, è morto come lui. Il nonno è morto così».

Pina Maisano Grassi

Avevo quattrodici anni la prima volta che ho visto Libero.

Aveva una storia con un'amica di mia sorella, e non mi era affatto simpatico. Mi sembrava uno che si dava un sacco di arie. Ma poi, come capita in queste cose, ci siamo incontrati qualche anno dopo e lui mi è parso diverso e mi è piaciuto.

Il suo primo matrimonio era durato pochissimo. E dopo diverse vicissitudini, aveva chiesto l'annullamento alla Sacra Rota.

Quando è cominciato il nostro innamoramento, a casa mia c'è stata la più totale chiusura. Un uomo in attesa di divorzio è sempre una cosa difficile da accettare, soprattutto quando si tratta della propria figlia. No, le tradizioni non c'entrano. Mio padre era ingegnere, mia madre si era diplomata all'Accademia delle Belle Arti. Io e mia sorella godevano di una certa libertà, io frequentavo architettura, lei chimica. Una famiglia abbastanza evoluta, insomma. Era semmai l'imprevisto a infastidirli, anche perché mia sorella si era appena sposata con tutti i crismi, e questa mia storia li aveva molto turbati.

Io intanto mi ero laureata e Libero aveva ottenuto l'annullamento. Le sue ragioni erano state convincenti, un ateo che si sposa in Chiesa per fare contenta la moglie è un caso invalidante. Furono chiamati perfino i professori del liceo ad accreditare il suo precoce agnosticismo. La sentenza gli aveva vietato di contrarre altri matrimoni religiosi. Per nessuno di noi due fu un sacrificio.

Ci sposammo nel febbraio del 1956. Io avevo ventotto anni, lui trentadue, eravamo stati fidanzati sei mesi.

Mi ero innamorata della sua bellezza, ma anche della sua diversità. Lui era colto e fiero. Io ero stata una ragazza molto corteggiata, ma nessuno dei miei filarini era riuscito a convincermi. Con lui ho sentito il colpo di fulmine, la freccia che trapassa il cuore. Che non si capisce perché uno si perde per una persona piuttosto che per un'altra.

Dopo che l'hanno ammazzato ho compreso che la cosa che di lui mi piaceva di più era il coraggio civile di portare avanti le sue scelte, senza cedere ai compromessi, senza immischiarsi col fango. Ma uno queste cose non le sa prima che accadono. Ci vive accanto ogni giorno. Sono gemme preziose in mezzo alle altre, buttate lì fra giorni tranquilli e giorni tempestosi.

Avevo studiato architettura; su trenta iscritti ci siamo laureati in cinque. Ho avuto la fortuna di avere un vero maestro, il professore Caracciolo. Mi ha fatto appassionare a questa professione vivendola in tutti gli aspetti. Collaboravamo con Danilo Dolci, viaggi di istruzione a Parigi e Marsiglia, grandi incontri. Una giovinezza con gli occhi molto aperti. Una prerogativa che aveva pure Libero. Sì, tutti e due avevamo gli occhi aperti e questa era un'altra cosa che ci univa.

Occhi aperti e partecipazione.

Io volevo fare l'architetto per ricostruire i paesi deturpati dalla guerra. Per questo mi sono laureata in urbanistica, si riteneva che questo fosse un ruolo decisivo nella ricostruzione. E invece è stato un errore di valutazione, perché alla fine sono serviti di più i geometri. Nessuna delle nostre città è stata ricostruita dagli urbanisti. Ero una disoccupata come tanti.

Mio suocero aveva un negozio di tessili di arredo e stava male. Libero, che era un pochino geloso delle mie contiguità con il mondo accademico, mi chiese di occuparmi del negozio di famiglia. Accettai di buon grado, l'università anche allora era piena di tensioni, con una competitività esasperata che non mi andava proprio giù. L'urbanista non l'avrei mai fatto, il sogno era svanito. Tanto valeva provare a misurarmi con una esperienza nuova, il commercio.

Assistere con quella laurea in tasca allo scempio di Palermo di quegli anni è stato terribile. Avevo il fegato lacerato. Era il periodo di Ciancimino e di altra gentaglia. La città era dilaniata da queste iene fameliche e i nostri progetti erano diventati inutili. Noi che avevamo studiato come salvare la Conca d'oro. Noi che avevamo progettato esempi di città satellite come in Germania. Loro avevano il potere. Avevano in mano la città e non c'era niente da fare.

Il potere di questo clan era preponderante sui libri e sulle idee. Volevamo salvaguardare il centro storico che invece restò nel degrado più assoluto per colpa della direzione strabica che aveva preso la città. Tutte le cose belle che avevamo elaborato in facoltà rimasero una imbarazzante teoria che costringeva la tecnica, i progetti a diventare una scomoda utopia. Che però non sfiorava i nuovi potenti e quindi non aveva nessuna speranza di dare fastidio o di muovere leve di cambiamento.

Molti si erano rifugiati fra le aule e i laboratori dell'università, altri si sono limitati a fare il progettino del palazzo o del negozio. Gli urbanisti della mia generazione sono stati messi da parte. A Palermo come in ogni altra parte d'Italia. Ero delusa. Andava bene il commercio. Avrei messo a disposizione dei clienti le mie conoscenze. L'arredamento è un campo di vendita interessante, la casa è una faccenda molto intrigante per la persona che acquista. Il rapporto con chi vende è fondamentale per rendere più bello e vivibile il proprio guscio. Io avevo il negozio. Libero aveva la Sigma, una fabbrica che negli anni Sessanta aveva già cento dipendenti.

Libero si era laureato durante la guerra. La sua famiglia era sfollata a Roma e lui si era rifugiato dai padri gesuiti per non fare il soldato con i fascisti e nemmeno con gli americani, perché era un antimilitarista convinto. Alla prima occasione lasciò il convento.

Lui e suo fratello entrarono in società con un signore milanese in una piccola fabbrica di cucirini.

Un grande successo. Anche perché le grandi aziende specializzate in questo tipo di produzione erano ancora chiuse per colpa della guerra. Quando la situazione si normalizzò con l'arrivo dei marchi classici, loro capirono che era giunto il momento di cambiare settore.

Tornarono di nuovo a Palermo.

La loro fabbrica si chiamava Manifattura Italiana Maglierie e Affini e produceva lingerie da donna. Era nei locali dell'ex ceramica Florio di via Dante. Poi i due fratelli si sono divisi e Libero ha continuato con la biancheria da uomo. Ed è nata la Sigma.

Noi due eravamo radicali. Abbiamo conosciuto Marco Pannella la prima volta a Parigi. Appiccicato a un tergicristallo c'era un biglietto:

«Sono Marco Pannella, sono qui a Parigi, non ho una lira. Vedo la vostra targa, voi che siete italiani come me aiutatemi».

È cominciata così questa grande amicizia con Marco e quindi con tutti i radicali.

Avevamo comprato la casa nel 1956, un attico che ci siamo fatti a nostra immagine, un grande terrazzo e il camino. Da noi venivamo tutti, Giancarlo Spadaccia, Marco Pannella, Emma Bonino, Adele Faccio, Eugenio Scalfari. Si parlava di massimi sistemi ma anche dei pettegolezzi degli amici. Quando loro venivano a Palermo non andavano in albergo, stavano da noi. Era un tipo di vita che ci univa moltissimo. C'erano in gioco le battaglie civili, il femminismo, l'autogestione nelle scuole, il divorzio, l'aborto.

E poi c'era Palermo, con i suoi affari, le trame mafiose, la politica dei mascalzoni. Tutti sapevano, ma nessuno parlava. Non era una consapevolezza fisica come quella che abbiamo oggi. La mafia c'era e determinava già da un pezzo gli interessi politici. Forse non abbiamo preso in considerazione come meritava quello che stava accadendo. Perché c'era una sorta di distacco intellettuale fra noi che eravamo la società che si occupava delle battaglie civili e la classe dominante che disprezzavamo. Abbiamo sottovalutato quegli anni, pensavamo a un tumore isolato e invece attorno già c'era la metastasi. Sì, le manifestazioni a Palermo si facevano ed eravamo pure in tanti, ma pur sempre una minoranza.

Non abbiamo valutato bene che tutto il movimento culturale di quegli anni era una cosa lontana dalla città che stava ingrassando le iene. E a quelle iene non importava niente di cortei e sit-in.

Un esempio. Alla fine degli anni Settanta si cominciava a parlare di energie alternative. Nel nostro terrazzo abbiamo realizzato un impianto di energia solare con l'aiuto di un chimico e di un vetraio. Libero con la sua mentalità imprenditoriale aveva creato in pochi mesi una società per vendere questo tipo di impiantistica agli enti pubblici, alle imprese, ma senza alcun riscontro. Negli stessi anni in Israele tutte le aziende agricole già si alimentavano a energia solare. Ma a Palermo le cose andavano così. Le idee e gli affari, due mondi diversi destinati a non incontrarsi mai.

Ci preparavamo a diventare la classe dirigente che avrebbe cambiato la città e vedevamo quell'altra Palermo dietro la cortina, con disgusto. Fra noi c'erano le signore col culone fasciato di lamé che andavano alle prime teatrali o all'opera e non c'era nessuna contestazione perché era gente bella, simpatica, anzi ci scherzavamo pure sopra.

Da una parte un gruppo che coltivava l'utopia del cambiamento, dall'altra parte quelli che se ne fregavano e facevano i soldi.

Certo fra me e Libero non erano sempre rose, ogni tanto spuntava pure qualche spina. Litigavamo per il suo antifemminismo esasperato, che non era una questione di principio, era un dispetto a me e alle mie amiche. Lui non ha mai avuto amiche donne, io avevo amici uomini. Aveva ereditato un poco dal padre questa parte catanese del *mascolo*. E il *mascolo* aveva sempre ragione. Io non la pensavo così e se c'era un ragionamento le discussioni non finivano mai.

Mio marito scriveva molto già da ragazzo. E quando avevamo qualche problema ci chiarivamo con le lettere. Fare pace con Libero non era facilissimo. Facevo finta di gettare la spugna per prima, giusto per metterci una pietra sopra. Ma quando le acque si calmavano allora tornavo sulla questione e magari riuscivamo a spiegarci meglio.

Negli anni Ottanta cominciarono gli omicidi eccellenti. Nel giro di duecento metri da casa nostra si consumarono i delitti più efferati. Ho ancora in testa il boato della bomba che ha ammazzato Rocco

Chinnici. Eravamo arrabbiati ma anche impotenti. Davanti la mano armata a cosa serve parlare, dimostrare. Non puoi fare nulla.

Per Pio La Torre abbiamo fatto una catena umana infinita che ha attraversato mezza città. Tu pensi che quasi ce la puoi fare e invece è una illusione, perché poi c'è la fame, ci sono i voti di scambio, i padroni con le mani sporche. L'attacco alla borghesia che contava era appena cominciato. Una dopo l'altra cadevano le intelligenze più lucide e impegnate di Palermo.

Io mi sono avvicinata ai Verdi. Abbiamo denunciato gli scempi edilizi, la muffa di questa città, l'abusivismo svergognato. Verdi e radicali sono state le uniche tessere di partito che ho avuto.

Libero era repubblicano, ma era anche vicino ai socialisti, erano i tempi di Nenni. Per noi era normale appartenere a questa linea di pensiero che poi si traduceva nella partecipazione alla vita pubblica. Le ideologie politiche ci univano. Sulle questioni importanti di principio eravamo sempre d'accordo, c'era una vera coesione.

Lui era ateo e pure io. I nostri figli sono stati battezzati solo per volontà della nonna. Poi hanno chiesto di essere dispensati dall'ora di religione e si sono sposati in municipio. Non ho mai sentito il bisogno di credere. So che non può esistere il Dio creatore del cielo e della terra. Il dolore non mi ha mai sorpreso a supplicare i santi e la Madonna. La figura di Gesù è eccezionale, un leader. Una persona così in gamba e intelligente che è stata fatta fuori a trentatré anni. Quello che mistifica tutto è la Chiesa cattolica. Quando i preti e il vescovo mi hanno chiesto i funerali religiosi per Libero, ho rivendicato in modo forte la nostra storia e ho preteso il rito civile.

Dietro il suo feretro c'eravamo noi familiari e i suoi operai. Di tutto il resto non mi importava nulla. Deputati, assessori io nemmeno li ho visti. In mezzo alla confusione di quel giorno mi pento ancora oggi di avere stretto una mano di cui avrei fatto volentieri a meno.

E me la sento ancora umida e sconvolta.

Per un mese non ho voluto vedere la televisione e nemmeno i giornali. Tutta questa pletora di chiacchiere perse attorno a mio marito era una cosa opportunistica e falsa.

Un giorno Libero torna a casa e ci racconta che era venuta una persona in fabbrica a chiedere il pizzo. La prima richiesta, sessanta milioni. Prima dell'estate ci fu il furto in amministrazione delle buste paga e sparirono proprio sessanta milioni. Queste pressioni durarono qualche anno. Poi sono arrivate le prime minacce.

L'ora di pranzo, suona il telefono e dall'altra parte un uomo mi dice: «Stai attenta a quello che fai, stai attenta a tuo figlio». L'ho mandato a quel paese. La pentola era sul fuoco e non avevo tempo da perdere.

Un'altra volta ci chiesero di fare venire all'appuntamento Davide per consegnare i soldi. La polizia lo seguì, i taglieggiatori capirono la trappola e non si presentarono. In tutta questa storia non si parlava di pizzo e nemmeno di mafia. Nessuno lo aveva mai denunciato.

Nel maggio del 1991 organizzammo un convegno al Comune. "Mafia e sviluppo, dibattito con Libero Grassi". Giornalisti, professori universitari fra i relatori. Duemila inviti, in sala soltanto venti persone. Prima però c'era stata la lettera di Libero al *Giornale di Sicilia*, «Caro estortore», ed era il 10 gennaio 1991.

> La "Sigma" è un'azienda sana, a conduzione familiare. Da anni produciamo biancheria da uomo: pigiami, boxer, slip e vestaglie di target medio-alto che esportiamo in tutta Europa. Abbiamo 100 addetti: 90 donne e 10 uomini. Il nostro giro d'affari è pari a 7 miliardi annui. Evidentemente è stato proprio l'ottimo stato di salute dell'impresa ad attirare la loro attenzione. La prima volta mi chiesero i soldi per i "poveri amici carcerati", i "picciotti chiusi all'Ucciardone". Quello fu il primissimo contatto. Dissi subito di no. Mi rifiutai di pagare. Così iniziarono le telefonate minatorie: "Attento al magazzino", "guardati tuo figlio", "attento a te". Il mio interlocutore si presentava come il "geometra Anzalone", voleva parlare con me. Io non ho mai accettato questo tipo particolare di attenzioni anche se le minacce ci sono sempre state. Gli oboli però non fanno per me. Mi dispiace per gli altri amici imprenditori che pagano e stanno zitti: io voglio reagire. Volevo avvertire il nostro ignoto estortore di risparmia-

re le telefonate dal tono minaccioso e le spese per l'acquisto di micce, bombe e proiettili, in quanto non siamo disponibili a dare contributi e ci siamo messi sotto la protezione della polizia. Ho costruito questa fabbrica con le mie mani, lavoro da una vita e non intendo chiudere. Anche mio figlio Davide, che dirige l'azienda al mio fianco, la pensa come me. Se paghiamo i cinquanta milioni torneranno poi alla carica chiedendoci altri soldi, una retta mensile, saremmo destinati a chiudere bottega in poco tempo. Per questo abbiamo detto no al "geometra Anzalone". E diremo no a tutti quelli come lui. Sono nato a Catania ma da sessanta anni vivo a Palermo: è una città difficile dove chi vuole emergere deve fare i conti con una atmosfera di violenza diffusa, palpabile. Non è mafia quella che ti telefona e ti chiede il pizzo: è la criminalità spicciola, ancora più pericolosa, che ti alita sul collo, non ti lascia respirare. Ho visto molti imprenditori fallire, subire in silenzio. No, non è omertà. È paura per la propria vita, per i propri cari. Quando ho visto l'imprenditore calabrese Giuseppe De Masi riaprire la sua fabbrica di Rizziconi nonostante gli attentati di matrice estortiva, ho capito che tutta la solidarietà che gli era pervenuta, la reazione dei suoi dipendenti, erano state più forti delle bombe. È lo stesso clima che si respira nella mia fabbrica che mi fa sentire al riparo. Iniziative come quelle di De Masi possono forse contribuire a spezzare questo silenzio, ad incoraggiare i piccoli e medi imprenditori. Chi parla è senza dubbio più sicuro di chi subisce e sta zitto.

Libero si rivolgeva pubblicamente ai suoi estortori giurando che mai avrebbe pagato il pizzo. Nello stesso tempo scuoteva gli altri, li invitava a ribellarsi, a stare tutti insieme. Quella lettera aperta fu dirompente, vennero giornalisti da tutto il mondo. Un palermitano così era una specie di fenomeno da baraccone.

Ora tutti sapevano.

Nessuno poteva fare finta di niente.

Libero pensava che proprio quel clamore gli avrebbe salvato la vita. Semmai temeva una ritorsione sulle cose, non pensava che arrivassero a tanto.

E invece non andò così.

Alla fine di agosto del 1991 c'era già una brutta atmosfera, un clima di ostilità. I clienti che non abitavano in Sicilia avevano espresso solidarietà. Gli istituti di credito cominciarono a fare storie sulle fideiussioni, sulle fatture, sui tassi di interesse. Gli amici veri erano preoccupati, gli altri, quelli finti, si erano defilati, cambiavano strada per non salutarlo. Per fermare una eventuale emorragia di insubordinazione al pizzo, bisognava dare l'esempio. Avevamo paura, ma non per noi. Pensavamo alla fabbrica, agli operai. Non avevamo messo nel conto la vita umana.

È il 29 agosto 1991.

Mattina.

Lui esce di casa.

Io gli do un bacio.

Lui è davanti l'ascensore.

Io e lui avevamo una questione aperta su una pianta da vaso, che secondo me andava potata e secondo lui no.

«L'hai fatto apposta a potarla. Perché sai che mi piace e allora vuoi farla perdere».

«Ma l'hai vista bene? Sta mettendo i germogli nuovi. Non vuoi ammettere che io ho fatto bene a potarla».

È l'ultima cosa che gli ho detto.

L'ascensore si chiude.

Tiro la porta di casa.

Un momento.

Un altro momento.

I colpi di pistola.

Cinque colpi di pistola.

Il citofono.

«Signora, c'è suo marito?».

«No, è appena sceso».

Aveva girato l'angolo per andare a prendere la macchina che per precauzione non posteggiava sotto casa.

Cinque colpi di pistola.

A terra.

Sangue.

Io non l'ho voluto vedere. C'eravamo salutati serenamente. Non volevo vederlo sfigurato dalle pallottole.

Mi sono seduta sui gradini e mi sono messa a pensare.

E ora che faccio?

Mi sentivo in un altro posto, fuori dal contesto.

E ora che faccio?

Già vedevo l'oscenità del dolore ostentato.

Mio marito era dietro l'angolo, e io ora che faccio?

Sono venuti tutti. Li avrei cacciati con la scopa. Per un mese mi sono rifiutata di partecipare al lutto collettivo.

Io lo sapevo cosa era successo, non avevo bisogno che qualcuno me lo raccontasse sui giornali.

E ora che faccio?

Ricominciare, ecco la risposta.

Francesco Rutelli mi ha candidata con i Verdi: Torino collegio Fiat Mirafiori. Era il 1992 e sono stata eletta al Senato. La legislatura è durata due anni e mezzo. Mi hanno chiesto di fare parte della commissione antimafia, io ho scelto quella dei lavori pubblici. Era l'anno di tangentopoli. È stata una esperienza straordinaria. Ero pure nella giunta delle autorizzazioni a procedere. E c'era il caso Andreotti, il famoso bacio di Riina. Io ce l'avevo con lui, era l'amico di Ciancimino, quello che aveva rovinato la mia città. Lo detestavo. In giunta, quando è giunto il suo turno, l'ho guardato fisso negli occhi.

«Senatore, come può una persona colta e intelligente come lei non sapere che la Democrazia Cristiana a Palermo era governata da personaggi contigui alla mafia?».

Nessuna risposta.

Poi si è avvicinato a me.

«Quando tutta questa storia sarà finita risponderò alla sua domanda».

Quando il processo si è concluso, io gli ho scritto per ricordargli l'antica promessa. E lui mi ha risposto.

«Non dimentichi che sono stato io a varare la prima legislazione antimafia».

Vero, ma dopo che hanno ammazzato Lima.

Dopo la morte di Libero apparentemente la mia vita non è cambiata. In effetti però ora è molto diversa. C'è un senso di rabbia profondo dentro di me, che non avevo prima. Io sono sempre arrabbiata. E morirò con questa rabbia se non vedrò che ci sarà la possibilità per mio nipote di vivere e lavorare nel suo paese con la sua intelligenza e la sua cultura. Senza bisogno di emigrare. Senza bisogno di essere amico degli amici.

Ho scelto di essere una testimone, per non fare dimenticare quello che è successo a Libero. E ho fatto bene.

Dopo quindici anni ecco i ragazzi di Addio Pizzo. Quando è uscito il loro manifestino "Un popolo che paga il pizzo è un popolo senza dignità", io ho risposto a una giornalista che non conoscevo gli autori di quella frase, «ma li considero miei nipoti perché la penso esattamente come loro».

Dopo due giorni sono venuti a trovarmi tre ragazzi: «Siamo i tuoi nipoti».

Ed è nata questa nostra amicizia.

Dopo la morte di Libero, i problemi sono stati spaventosi. La Gepi, un ente creato dallo Stato per aiutare le aziende in difficoltà, in tre anni è riuscita a fare debiti per tre miliardi. Il cinque per cento erano soldi dei miei figli e loro non ce li avevano. Hanno deciso di uscirne fuori e l'azienda è finita in liquidazione. Davide ha accettato il posto alla Regione, Alice ha continuato il suo lavoro di architetto.

Nel 1999, con i soldi del risarcimento dello Stato, Davide ha riaperto l'azienda, Alice ha potenziato la sua attività di architetto in uno studio più attrezzato ed ha rilevato il mio negozio di tessile d'arredo.

Oggi a Palermo è cambiato poco.

Molti imprenditori continuano a pagare il pizzo. Ma ci sono segnali confortanti. Io mi sento bene quando parlo con i ragazzi di Addio Pizzo. È emozionante condividere con i giovani i propri ideali. Siamo una minoranza, lo sappiamo. E nei momenti elettorali lo vediamo. Nei quartieri c'è il trenta per cento di evasione scolastica. Vuol dire che una fetta importante della popolazione non ha senso critico, non ha gli strumenti per capire quello che succede. E non si fa scrupoli a votare il primo che gli paga la bolletta della luce o gli dà trenta euro. La classe politica non può fare finta di non sapere che qui c'è il trenta per cento di analfabeti, questa è una tragedia nazionale.

Libero diceva che la cattiva qualità del consenso determina la cattiva qualità della politica. Finché ci saranno voti di scambio e voti comprati non c'è nulla da aspettarsi. Oggi a me sembra anacronistico il pizzo. Coi traffici di droga, di armi, dovrebbe essere superato. E invece resiste perché è uno strumento che consente alle cosche di controllare militarmente il territorio.

Bisogna far capire ai commercianti che non è più pericoloso denunciare l'estorsione. Il segreto è stare tutti insieme. Quando si presenta come parte civile Addio Pizzo o l'Antiracket in sei mesi arriva il risarcimento. Per non avere paura bisogna mettere fuori la dignità del proprio lavoro. Non svendere la propria libertà. Denunciare e farsi difendere dallo Stato.

Libero non ha sbagliato nulla.

Il suo non è solo un nome.

È un aggettivo.

Rita Bartoli Costa

Mio marito è stato ucciso a Palermo in via Cavour.

È morto mentre era fermo vicino a una bancarella di libri. È morto con un libro in mano, leggendo. Si era fermato a comprare un romanzo giallo. L'indomani dovevamo andare a trascorrere alcuni giorni di ferie a Vulcano.

L'hanno massacrato di pallottole in un angolo di strada, senza dargli la soddisfazione di guardare in faccia i suoi assassini. Lui che la gente la guardava dritta negli occhi.

Me l'hanno ammazzato un pomeriggio di agosto mentre pensava ai suoi gialli da comprare e io mettevo ordine in una valigia inutile.

Mio marito faceva il giudice.

A Palermo.

Gli istanti della sua morte sono momenti indimenticabili. Sopravvivranno su tutto, su ogni giorno, su ogni istante. Quando un uomo muore nel suo letto muore una volta sola. Quando muore come è morto mio marito, muore ogni giorno.

Quel giorno sono morta pure io.

Non sapevo più cosa fare, cosa pensare, non capivo. Poi il dolore si è trasformato in mortificazione. Per me che credevo nella democrazia, nella nuova repubblica che avrebbe dovuto portarci a un grado più alto di libertà.

Questa tragedia mi offendeva come donna, come cittadina. Ho sentito come restringersi il perimetro della democrazia.

Mio marito in procura si era occupato già di tante cose. L'aria era cambiata a Palazzo di Giustizia, era cambiata radicalmente. Per la prima volta uomini politici erano stati processati e condannati. Gaetano aveva compreso che bisognava entrare dentro i santuari delle banche. Seguiva personalmente le cose importanti e quelle meno importanti che di solito si affidano ai giovani sostituti. E questo era il frutto di una grande professionalità.

Un magistrato può essere bravo nel capire la legge e nell'applicarla, ma dirigere un ufficio è un'altra cosa. Gaetano aveva un grande spessore umano, sia nel pubblico che nel privato. Aveva un concetto puro della giustizia, cioè assolutamente al di sopra delle parti, non condizionabile.

Noi ci comprendevamo anche senza parlare.

Una volta, mentre si stava vestendo, gli raccontai di un certo magistrato che non usciva più di casa e quando lo faceva prendeva delle precauzioni. Lui si voltò e mi disse: «È tutto inutile. La mafia il buco sulla fronte lo trova quando vuole. E non ci sono scorte che tengono. Del resto o si lavora serenamente, senza ansie e angosce, oppure è meglio mettersi in pensione e giocare a scacchi».

Il delitto di mio marito è maturato in un clima politico e sociale molto pesante. Nello stesso anno a Palermo c'erano già stati altri omicidi eccellenti.

Nel 1979 la mafia aveva ucciso il cronista giudiziario del *Giornale di Sicilia* Mario Francese, il segretario provinciale della DC Michele Reina, il vice questore Boris Giuliano, il giudice Cesare Terranova, il maresciallo di polizia Lenin Mancuso. Nel 1980 il capitano dei carabinieri Emanuele Basile, il presidente della Regione Siciliana Piersanti Mattarella.

Poi, mio marito.

Cominciai a preoccuparmi seriamente dopo l'omicidio di Terranova. Ma quello che più di tutti stabilì la misura della mia inquietudine è stato il delitto Mattarella.

Da quel momento ho capito che Gaetano era in pericolo.

La mafia aveva saltato il fosso, mettendo a segno una strategia politica precisa. Uccidere una persona serviva a fare cambiare le cose in un senso o a non farle cambiare per niente. Quei delitti, in cui erano implicati poteri dello Stato, assecondavano un insano istinto di conservazione.

Ho reagito subito.

Ho capito che non potevo stare zitta.

Sono convinta che non si può lasciare alla Sicilia un fardello di sangue e di vergogna così smisurato. Bisogna dividerlo fra quanti ne sono rimasti vittime trasformandolo in battaglia, speranza. In questa lotta mi sono state vicine molte donne. È nata una solidarietà eccezionale. E più andavo avanti e più sentivo crescermi dentro il coraggio. Come se il coraggio di tutte le altre si sommasse al mio.

C'è pure chi mi è stato d'ostacolo.

Chi mi ha mostrato una solidarietà falsa, di facciata.

Le barriere in Sicilia sono nell'aria. Sotto la pelle. Questo è un paese dove nulla si sa, ma tutto si sussurra. E il silenzio fa crescere il rumore dei sussurri. Sono convinta che quello che ha dato veramente corpo in Sicilia all'antimafia è stata la legge a favore degli interventi nella scuola. I ragazzi recepiscono, capiscono. Se la legge fosse stata applicata a tappeto in tutti gli istituti, oggi avremmo in Sicilia un forte baluardo contro la mafia.

Educare i giovani a una nuova coscienza civile è l'unica chiave per vincere la mafia.

Io ho sempre evocato l'insurrezione delle coscienze. Qualche sussulto l'ho sentito ma l'insurrezione non l'ho ancora percepita.

Oggi per fortuna si fa meno antimafia da salotto. Ed è un bene. Bisogna insistere, non sentirsi vincitori e paghi dei risultati raggiunti. Questo è un grosso errore. È giusto continuare a parlare di mafia per sovvertire una subcultura che dall'unità d'Italia a oggi ha determinato in decine di generazioni una cultura di morte, di rappresaglia, di prevaricazione.

Ci sono stati in Sicilia momenti di grande emozione. Ma l'emozione non costruisce niente e qui bisogna tirare su la cultura dell'antimafia.

Vasti settori della politica si sono nascosti dietro l'emergenza per dare vita a una lotta di facciata per la legalità. Ma poi nei fatti si sono smentiti e sono diventati prigionieri delle loro sporche coscienze.

Poi l'antimafia in campo giudiziario è un'altra cosa.

A me non piace sentire parlare di giudici che lottano contro la mafia. I magistrati non lottano, amministrano la giustizia. Sono i cittadini che devono combattere la mafia.

La verità e la giustizia in Sicilia non sempre sono andate a braccetto. Io credo che non ci sia stata né verità e né giustizia. I grandi delitti di Palermo sono stati dimenticati perché c'è una grande necessità di rimozione, di distruggere la memoria.

Sento una strana aria di voler normalizzare tutto ad ogni costo.

È una brutta aria.

Su questi grandi omicidi non si sa nulla nonostante i 1200 pentiti. I delitti eccellenti sono diventati immagini sbiadite di repertorio, cineteca. Prima di sapere chi ha ucciso bisogna sapere perché sono stati massacrati in Sicilia i pezzi più importanti dello Stato.

A cadaveri eccellenti corrispondono mandanti eccellenti. Riina e i Corleonesi non sono le menti di questi delitti. Sono gli esecutori, il braccio armato. La mafia non sono questi delinquenti che abbiamo in carcere, certo è necessario prenderli e condannarli; la mafia è quella dei colletti bianchi, quella che abita in eleganti salotti o negli studi ovattati di Palermo e anche di qualche altra città del Nord.

Il terzo livello non è stato nemmeno sfiorato.

L'omicidio di mio marito non ha avuto giustizia. Per una moglie è un grande dolore, ma per una cittadina è una grande mortificazione. È il segno dell'impotenza e della trascuratezza dello Stato. Di quella parte dello Stato che si sarebbe dovuta preoccupare di ricercare la verità.

Ho sempre sostenuto che oltre alla famiglia, la parte lesa nell'assassinio di mio marito è la magistratura. Quei colpi erano diretti a tutti i giudici, alla loro intelligenza, alla loro dignità. Pochi però hanno raccolto la sfida.

Io oggi non credo alla volontà politica di risolvere la questione dei grandi delitti di Palermo. Li hanno talmente coperti che dopo tanto tempo ci sono delle cose che non si capiscono. Qui c'è stato qualcuno che queste cose le ha insabbiate. O nella migliore delle ipotesi ha taciuto.

Tacere significa essere complici. E le complicità ci sono state e si aggravano in maniera proporzionale al ruolo che ogni cittadino ha nella società.

È la mancanza di insurrezione delle coscienze che tiene ancorata al palo dell'omertà la verità. La gente non si emoziona al punto di insorgere. Nel dopoguerra la mafia agraria è stata sconfitta perché sono stati i contadini a insorgere. Ora la società non sente più questa piaga nel suo cuore.

La mia grande speranza è di riuscire a vedere un giorno la Sicilia liberata dagli stessi siciliani. Senza ricorrere a invasioni militari o a leggi speciali. Coscienze libere che eliminano la mafia. Fino a non sentirne parlare più.

Ogni tanto penso a quello che diceva Sant'Agostino: «La speranza è un rischio». Un rischio, aggiungo io, che bisogna correre.

Maria Saladino

A venticinque anni ho scoperto di essere la figlia di un mafioso.

E mi è crollato il mondo addosso.

Io coi miei princìpi cristiani, io coi miei progetti ambiziosi di sradicare la violenza e il male dalla mia terra, io coi miei sogni di sconfiggere la mafia partendo dai bambini. Io ero la figlia di un mafioso.

La sua era la mafia di cento anni fa.

Lui era un piccolo bandito al seguito del capomafia del paese; era giovane e dopo che si è sposato ha cambiato vita. Mai però l'ho sentito pentirsi del suo passato. E questo mi faceva male. Ma coi fatti aveva cambiato vita. E questo mi consolava. Mi aiutava ad amarlo. E poi sapevo che mio padre era stato un mafioso vecchio stampo, diverso dalla mafia che avevo conosciuto con i miei occhi alla fine degli anni Quaranta, quando ho visto scorrere fiumi di sangue per le strade di Camporeale.

Ogni angolo mi ricordava una tragedia.

Ogni giorno in paese c'era un morto ammazzato dalla mafia. Non si poteva più vivere in pace. In quegli anni sul paese incombevano due mafie, una stava per morire e l'altra per nascere. La prima con un codice d'onore, la seconda spietata e sanguinaria. Tutte e due comunque terribili. La prima era capeggiata da un vecchio padrino. Non ammazzava i bambini e le donne come ora. Ma era sempre mafia. E seminava lo stesso terrore. La seconda aveva il grilletto facile e voleva emergere a ogni costo, senza mediazioni.

La situazione in paese era disperata. Io insegnavo alle scuole elementari, i miei alunni piangevano per la fame. E io li soccorrevo come meglio potevo. Compravo i libri, i vestiti. Il pane e la pasta. Facevo la maestra e lo stipendio se ne andava tutto così.

Queste cose alla mafia non piacevano. I poveri dovevano restare poveri e bisognosi. Sempre. E ad aiutarli dovevano essere solo i mafiosi. Aiuti mai disinteressati. Finalizzati a ottenere complicità, connivenze. In mezzo non c'era posto per nessuno. E se una maestra come me si metteva a consolare questa gente aprendo gli occhi dei disgraziati era un guaio. Andava ostacolata.

Ho cominciato a insegnare giovanissima, subito dopo il diploma. La mia prima destinazione è stata Grisì, un paesino vicino Palermo. Qui ho conosciuto il mio primo e unico amore. Era un maestro come me. Mi piacevano i suoi occhi grandi, le braccia piene di muscoli, la sua faccia rotonda, buona. Ero felice, pensavo di sposarlo.

Ma una notte in sogno mi è apparsa Santa Rosalia.

«Maria, lascialo, Dio non vuole. Se ti sposi vai contro la sua volontà».

«Chi mi dice che non siete il demonio?»

«Sono Santa Rosalia e mi manda il Signore».

Mi sono svegliata e ho pensato: "E se fosse veramente Santa Rosalia?". E così ho perduto la pace del cuore e ho rotto il fidanzamento col maestro. Lui per la delusione è partito volontario per la guerra e io pregavo Santa Rosalia di non farlo morire perché mi sarebbe rimasto il rimorso. E così mi sono buttata anima e corpo sul lavoro, sull'insegnamento.

Quando ho visto scorrere tutto quel sangue per le vie di Camporeale ho pensato che si doveva fare qualcosa per i bambini. Ora ero libera da impegni sentimentali e potevo rimboccarmi le maniche. Ho cominciato a fare catechismo e oratorio. Di mattina facevo scuola, il pomeriggio lo dedicavo ai ragazzi. Li facevo giocare nel baglio vicino la Chiesa. Nella stessa piazza c'era il balcone di donna Sofia, una vecchia prepotente e lagnosa. Ogni volta che il pallone finiva sul suo balcone, lei si divertiva a squarciarlo col coltello. Ma io non mi scoraggiavo e senza fiatare ne compravo subito un altro. In un anno ne ho comprati cinquanta. Alla fine donna Sofia si è stancata e noi abbiamo continuato a giocare in pace.

Per i ragazzi è stata una bella lezione. Avevo dimostrato che i prepotenti si combattono con le armi della civiltà e della pazienza. Così ho cercato di educarli al bene, al bello e all'onestà.

Io volevo fare l'apostolato a Camporeale per redimere il mio paese dalla mafia. Ma nel 1940 per una donna in Sicilia era difficile dedicarsi a servizi sociali. Allora ho deciso di fare la missionaria. E sono partita per Grottaferrata, tra le suore francescane di Maria. Dopo qualche mese dovevo traferirmi in una missione in India. Poche settimane sono bastate a convincermi che quella non era vita per me. Le regole del convento erano troppo rigide. Così sono tornata a Camporeale. Ho pianto molto. Mi chiedevo cosa volesse Dio da me. Fidanzata no, suora no. Ora l'ho capito quello che Dio voleva e vuole ancora da me. La mia missione è quella di salvare i ragazzi dalla violenza della strada. Così è nato il primo centro sociale.

Mi sono decisa subito dopo l'omicidio del sindaco di Camporeale Pasquale Almerico ucciso il 25 aprile 1957. Era il mio migliore amico. Un uomo buono. Ha pagato con la vita la sua opposizione al predominio della mafia agraria. Insieme avevamo progettato la realizzazione di un villaggio del fanciullo, un'oasi di pace per strappare alla violenza i ragazzini della Valle del Belice. Poi Almerico è stato ucciso e io ho continuato il progetto.

Per prima cosa ci voleva il terreno su cui costruire le opere sociali. E per comprarlo ci volevano tanti soldi. Sono andata a cercarli in America. In un anno e mezzo ho raccolto i fondi necessari. Tanti artisti italo-americani mi hanno offerto il loro aiuto. Facevano le serate di beneficenza, le persone pagavano 25 dollari a testa. Metà per la festa e metà a me. Il 22 dicembre del 1962 sono ritornata a Camporeale; nella borsa avevo quattordici milioni.

Ho cominciato la trattativa per acquistare il terreno ed è stata un'avventura. I miei paesani, infatti, sapendo che l'area serviva per le opere sociali, aumentavano il prezzo ogni giorno.

Ci sono voluti venti anni prima di costruire il primo istituto.

Venti anni di battaglie contro tutti.

Un braccio di ferro contro la mafia, la politica e la burocrazia.

Un incontro di forze diverse con l'unico fine di farmi stancare, desistere.

Non avevano però fatto i conti con la mia testardaggine.

Alla fine ho vinto io. Ho saputo resistere. Non mi sono piegata. E ora le case di accoglienza sono nove e un'altra è in costruzione.

Le storie che abitano questi muri sono inenarrabili. Le violenze e le sevizie che hanno subito questi ragazzi sono al di fuori dell'immaginazione. Bambini che hanno visto il padre morire accanto a loro, crivellato da raffiche di mitra. Alcuni hanno il padre malato di AIDS e la madre carcerata. Altri sono stati costretti a prostituirsi a dieci anni, o a diventare spacciatori. Ci sono femminucce violentate dal padre, vendute dalla madre. Bambini vissuti in mezzo ai problemi dell'alcol, della cocaina. Bambini poveri, abbandonati dai genitori, senza mangiare. Poi c'è l'analfabetismo, la povertà assoluta. Molti però si riescono a recuperare. C'è un ragazzino con difficoltà familiari, l'ho accolto sei anni fa e gli ho detto: «Giuseppe, ho visto che a scuola hai un'ottima media, vuoi continuare a studiare?». Lui mi ha riposto di sì. Così l'ho fatto iscrivere all'istituto per geometri ed è stato promosso con 50/60. Ora mi fa i progetti dei cantieri di lavoro, mi fa i rendiconti, i pagamenti dell'INPS. È il mio braccio destro. Se l'avessi trovato prima mi avrebbe alleviato molte fatiche.

Mia madre mi diceva sempre che i mafiosi non mi hanno ammazzata solo perché non porto i pantaloni. Per esempio per l'acquisto dei terreni ho avuto contrasti con l'alta mafia di Camporeale e di Alcamo. Sui loro fondi volevo costruirci le case dei fanciulli; i padrini volevano vendermeli a 6.000 lire al metro quadrato, io con l'esproprio li ho avuti a mille lire. Una femmina come me si è tolta lo sfizio di *pigghialli pi fissa*.

Le donne da queste parti sono passive. Calano sempre la testa. Quando ce n'è una che si ribella come ho fatto io, gli uomini hanno paura, sono presi a tradimento. E finiscono col confondersi, col cedere.

I figli dei mafiosi sono diversi dai loro padri. Fino a quando restano nei miei istituti sono agnellini, tremano, sono timidi, hanno paura. È nel loro ambiente che diventano belve. Ma se noi li educhiamo, li aiutiamo a crescere in un giardino di speranze, li trasformiamo, li addomestichiamo.

L'importante è non dimenticare di innaffiare questo giardino di buoni sentimenti e di buoni esempi. Non nasce cattivo il bambino, nasce buono. È per colpa dell'ambiente in cui si trova che finisce male. Rispetto a trenta anni fa anche il loro disagio è cambiato. Prima erano semplicemente morti di fame. Tutti i loro problemi nascevano da lì. Non c'era pane a casa e il padre rubava, la madre si prostituiva. Ora invece c'è la droga, c'è l'arrivismo pure nel cuore dei bambini. La gara a superarsi, per avere i migliori vestiti, le migliori macchine. Ora non si sopporta più come prima. Prima erano poveri, un piatto di pasta e cavoli e tiravano avanti tranquilli. Ora non sono mai contenti di quello che hanno.

La mia ricetta è il lavoro. Senza lavoro non c'è recupero. Per questo ho creato falegnamerie, laboratori di ceramiche, la tipografia.

Io sogno sempre. Sono una sognatrice.

Sogno cose bellissime. Bambini liberati dalla fame e dalla violenza, una giustizia sociale più vera, una società senza il dominio dei prepotenti, libera dalla mafia.

Poi sogno altri centri di accoglienza, un grande coinvolgimento di volontari, una città per i ragazzi sfortunati.

Non lo so quanti anni ci vorranno per realizzare tutte queste cose. Mio papà è morto a 97 anni, mia madre a 89. Mi basta arrivare a 90 anni per completare tutti i miei progetti.

Io ringrazio Dio per avermi dato il cuore di un fanciullo sempre pieno di meraviglie, di entusiasmo, di gioia.

Ci sono i momenti di tristezza, quando passo nottate senza dormire, con tante difficoltà, con tante sofferenze.

A volte sto male per l'insonnia e per l'anemia e vado avanti come un automa, con la testa vuota e con le gambe vacillanti.

Ma nel cuore ho sempre venti anni.

TERRA

Emma Dante

I miei ricordi di bambina non sono tanti. Qualche fotogramma. Poche cose.

A quattro anni ero già a Catania con la mia famiglia e così di Palermo mi sono rimasti in testa solo i ritorni, le feste, l'estate. Palermo era la domenica della mia infanzia, i dolci, gli zii, i cugini, le luminarie, le funzioni. Infatti il mio teatro è fondamentalmente basato su questo, sulla cerimonia della domenica. I miei buchi neri. Io nel teatro trasporto tutto ciò che non penso nella vita. Teatralmente sono riuscita a tradurre questo mio momento di mancanza. Una sospensione che si colma sul palcoscenico riempiendosi di tutta una serie di rituali che sono molto presenti nelle mie prime immagini, di quando tornavo a Palermo e si andava tutti insieme alla messa di Natale.

Catania era la scuola, l'adolescenza, le domande.

Palermo era la solennità, la pigrizia, i regali, le premure dei nonni, le riunioni con tutti i parenti, un grande momento di riconciliazione. Le tavolate a casa mia erano soprattutto teatro. Questa è una città dove gli usi e i costumi della gente sono già spettacolo e la gente parla come se fosse sopra un palcoscenico, con i dialoghi di una sceneggiatura buttata giù come la pasta. In queste fantasmagoriche conviviali si litigava, si faceva pace, ci si appassionava.

C'è una canzone di Franco Battiato che racconta bene questa atmosfera. Si chiama *Mal d'Africa*.

Con le sedie seduti per la strada,
pantaloncini e canottiere, col caldo che faceva.
Da una finestra di ringhiera mio padre si pettinava;
l'odore di brillantina si impossessava di me.
Piacere di stare insieme solo per criticare
ed era come un mal d'Africa, mal d'Africa.

La necessità di parlare male di qualcuno, un bisogno che lega piuttosto che allontanare. La maldicenza in Sicilia avvicina. Una abitudine annodata a una serie di regole di comportamento. Una condotta, non è una cattiveria. Fa parte di una cultura, una tradizione che si tramanda chissà da quando. Una cosa generazionale.

Palermo per me sono i dolci e le luci accese. Solo la domenica brillavano tutte le torce del lampadario, il resto della settimana bastavano due, tre lampade. La domenica no, perché arrivavano gli altri e non si è mai vista una festa al buio. E si aprivano pure le porte della stanze che di solito rimanevano chiuse. Io non ho mai capito davvero perché questa mania di chiudere le stanze. Non sono riuscita a trovare una risposta. In un mio spettacolo la protagonista dice: «Quando mi sposo, le porte le voglio sempre aperte». Che è un senso di libertà, di futuro migliore.

A diciassette anni ho lasciato la Sicilia. Non mi volevo laureare come mio padre; io volevo fare il teatro. Lo volevo fare da sempre, era un desiderio dentro di me, forse è nato con me. Non sono mai andata al teatro da piccola con i miei genitori. La prima volta è stata a Siracusa con la scuola. Ho visto lo spettacolo e ho pensato che quella era la cosa che volevo fare.

Il mio talento.

Mio padre all'inizio non era contento di lasciarmi andare via, voleva che io prendessi un'altra strada. Una professionista con la laurea in tasca, perché non si sa mai come vanno le cose nella vita. Poi, quando ha capito che facevo sul serio e ho vinto il concorso per l'Accademia nazionale di arte drammatica Silvio d'Amico, non ha potuto fare a meno di condividere questa scelta. Così a diciassette anni ho preso il treno per il continente.

Ero sola.

Piccola.

Mi ero portata dietro lo scialle nero. Mi ricordo il treno fumoso e sperduto. Le sopracciglia unite. Ero folkloristica. Una portatrice sana di folklore. Ma non lo sapevo, non me ne rendevo conto. Con questa identità così forte all'esame non potevano non prendermi.

Sono arrivata la sera a Roma, e sono andata a dormire a casa di una parente che nemmeno conoscevo. Mi ricordo questa cugina enorme. Siciliana. Che abitava da tanto tempo a Roma. Quella casa faceva odore di caponata, di melanzane fritte, di salsa di pomodoro. Cucinava benissimo e mi faceva mangiare dalla mattina alla sera.

Sono partita dalla Sicilia e sono arrivata di nuovo in Sicilia. In questo i siciliani sono unici, ovunque riescono a ricostruire il proprio mondo in miniatura. Uno va fuori a trovare un parente siciliano ed è come se andasse al paese. Gli odori, i colori, le case arredate in un certo modo.

Per i primi sei mesi sono rimasta lì. Poi mi sono trovata una sistemazione insieme a un'altra ragazza dell'accademia. Non mi andava di tornare in Sicilia. Sentivo quel luogo addormentato e chiuso. E io avevo bisogno di un posto elettrico e sfolgorante come Roma.

La Sicilia è un ventre che accoglie e impigrisce. Se uno non trova il modo per sconfiggere questa maledizione allora è meglio cercarsi un'altra storia. Perché lei, l'isola, finisce che ti divora.

Lentamente.

La Sicilia è un grande utero e ciascuno c'è dentro. È bello farsi avvolgere da questa grande madre. Nello stesso tempo però occorre avere l'audacia di guardarla in faccia e di affrontarla. Chi non ci riesce starà tutta la vita al calduccio fra le sue braccia e si addormenterà cullato dall'indolenza.

Palermo ormai mi sembrava una città provinciale. Avevo la puzza sotto il naso. Non mi piaceva più. Capitolo chiuso.

A Roma mi sentivo padrona del mondo. Pensavo che in Sicilia ci restavano i poveretti, i falliti che non avevano nulla da dire, che non avrebbero mai potuto cambiare niente della loro vita.

Era il luogo del passato.

Io invece ce l'avevo fatta.

E non sarei mai più tornata indietro.

A Roma accadevano le cose, in Sicilia era tutto vecchio. Tornavo a casa per le vacanze, e io mi sentivo la continentale. Parlavo con l'accento romano, mi davano noia pure le pietre. Ero ancora dentro lo stereotipo. La ragazzina che va a Roma, si libera dello scialle nero e si sente arrivata. Avevo vent'anni e quelle luci mi avevano abbagliato. Ma mi hanno pure aiutato, perché senza quelle luci non sarei diventata una persona ambiziosa, rigorosa e determinata. Ero un'attrice di teatro. A un certo punto però sono crollata. Guardavo Valeria Moriconi, aveva sessantasette anni e faceva tournée da una vita. Si portava dietro nei camerini la sua casa, tendaggi e divani compresi. Un giorno mi sono vista allo specchio e avevo la sua età. No, io non volevo diventare come lei.

Tutto era in discussione. Quella non era la vita che avevo pensato per me.

Nel 1995 la morte prematura di mio fratello, aveva solo ventidue anni, mi ha spinta per la prima volta a ragionare sulla morte. Cominciavo a fare i conti con la tragedia. La sentivo innaturale. La sua assenza ha scatenato il bisogno di vita, di costruzione di altro. Forse semplicemente la necessità di amare per compensare la morte. Io facevo l'attrice ma non ero felice, cercavo qualcosa che mi mancava. Sul palcoscenico non riuscivo più a essere credibile, non capivo perché ero lì e a cosa serviva quella cosa che stavo facendo. Mi ero convinta che forse non ero buona per fare questo mestiere. Non sapevo che sarebbe bastato spostare la prospettiva per ricominciare ad appassionarmene.

A Catania alla fine di uno spettacolo ho visto un uomo, era lui che aspettavo per innamorarmi follemente. C'è stato un grande coinvolgimento. Ho lasciato tutto e ci sono andata a vivere insieme. E siamo ancora nello stereotipo del teatro di Martoglio, e ancora non è successo niente. Lui era bello, ricco, con una grande carriera davanti. Alla fine della tournée con la Moriconi, ho abbandonato il teatro e mi sono trasferita a Catania con l'uomo della mia vita.

Amore a prima vista fu.

Ero un'altra persona. Facevo la casalinga, andavo a fare la spesa al mercato. Cercavo lo spazzolino del cesso di design. Vivevo in un palazzo nobile siciliano; nella sala della musica con gli affreschi del Basile ci avevo messo un tavolo di pingpong. Mi occupavo della casa, organizzavo le cene per gli amici. Pensavo che non sarei più tornata sopra un palcoscenico. Stavo con lui, volevo una bella famiglia, un bambino, la cameretta con i giochi, i cannoli la domenica.

Ho fatto così per un anno e mezzo.

Lui però cominciava ad avere momenti di insofferenza nei miei confronti perché mi vedeva nullafacente. Ho capito che mi dovevo dare da fare se non volevo perderlo.

Era vero, io lo aspettavo e basta.

A me andava benissimo, ma non era sufficiente a tenermelo stretto. Lui era sulla neve, una settimana bianca con i colleghi, e io mi sono iscritta al laboratorio di teatro di Cesare Ronconi, un regista che amo molto. Il mio uomo non c'era e io tentavo di affacciarmi di nuovo al palcoscenico. È stata una esperienza devastante, lì ho capito che se volevo tornare a recitare dovevo dialogare con i miei fantasmi, con i miei demoni. Non potevo continuare a rimuoverli. Questo laboratorio mi ha fatto comprendere una cosa fondamentale: il teatro si sarebbe servito di me per scatenare il rapporto demoniaco che io dovevo avere con la vita, con il dolore.

Il mio uomo è tornato a Catania dopo la settimana bianca e su due piedi mi ha lasciata. Aveva una nuova fidanzata.

A Palermo mi aspettava di nuovo mia madre.

«Mi spiace, non c'è più niente da fare».

Il medico me lo ha detto sollevando le spalle. E io che non avevo capito.

Aveva il cancro.

Ho fatto di tutto per salvarla. Le sono stata vicina fino all'ultimo dei suoi giorni assistendo a questo atroce e inutile dilaniamento. Lei ha assorbito e sopportato il dolore e io lo vedevo. Questa malattia è stato il vero corto circuito della mia vita.

Dopo la sua fine io sono rimasta mutilata. Avevo avuto con lei un rapporto straordinario, quasi esclusivo. La sua sofferenza mi ha trasmesso un ascolto enorme nei confronti del mondo. Sono diventata più sensibile. La sua sofferenza mi ha fatto germogliare un sesto senso. Lo so, è assurdo che dentro una tragedia possa celarsi un miracolo. E il miracolo è stato questo germoglio. Il risultato si vede nel teatro che ho fatto dopo.

La mia seconda nascita è stato il ritorno nel ventre di Palermo. Non avevo più un lavoro, il mio compagno se n'era andato con un'altra, mia madre e mio fratello non c'erano più.

Il capolinea.

E invece c'è stato questo miracolo del teatro. Senza questa specie di grazia, ora sarei una signora grassa con tre figli e un marito da aspettare tutte le sante sere con il minestrone sul fuoco e le luci accese solo la domenica.

Dovevo ricominciare da quella città a cui avevo giurato eterna indifferenza.

Accadde intanto una cosa strana. Mentre ero a Palermo per la malattia di mia madre, venne a trovarmi un amico di mio fratello. Aveva una associazione culturale e per non chiuderla voleva presentare un progetto di teatro al Comune. Voleva che fossi io ad occuparmene, io che venivo da Roma. Ma come, l'Accademia, la Moriconi, e ora ero lì a valutare la possibilità di mettere in scena spettacoli di piazza a Palermo?

Lui andava in giro a dire che il laboratorio era tenuto da Emma Dante, una che viene da Roma, e i ragazzi arrivavano. Ho escogitato delle cose pazzesche. In principio eravamo quasi cinquanta. Alla fine siamo rimasti in tre. Andavamo nei locali, negli appartamenti e io passavo con il cappello per le offerte. Mi ero inventata dei costumi con i mutandoni. Mi truccavo pesante per non farmi riconoscere. Provocazione pura. Raccontavamo letteratura pulp ai ragazzini figli di papà con il bicchiere di gin tonic fra le mani.

La compagnia Sud Costa Occidentale è nata nel 1999.

Da quel momento ho cominciato a scrivere per il teatro e ho smesso di recitare.

Nel 2001 abbiamo vinto il concorso "Scenario" con lo spettacolo *M'paliermu*. La tournée, i primi successi, le critiche eccellenti. Ora sapevamo di potere insistere, che c'era una strada che potevamo percorrere.

Nel teatro io sono quella che resta fuori. Non sono quella che agisce, sono quella che guarda. Mi serve per mettere in gioco le idee che ho, i dubbi. Ho una urgenza che prima non c'era, quella di raccontare i momenti bui della mia vita, la necessità di tirare fuori questi vuoti e di colmarli. I miei sensi vengono usati per captare più onde possibili e mettere in gioco forse tutta questa terribile infanzia che ho avuto.

I miei demoni nascono dal fatto di avere vissuto questi amori spezzati come mutilazioni. Adesso mi ricordo le parole sane di mia madre, gli sguardi di mio fratello.

Il teatro mi ha aiutato a convivere con il dolore.

I demoni sono queste parti storpie di me che hanno la ferita sempre aperta, sanguinano e si infettano.

Il teatro è come l'alcol che si posa sulla ferita e brucia.

Io scrivo durante le prove, elaboro le battute sui corpi degli attori. Non scrivo al computer. Prima nasce lo spettacolo e poi il copione. Mi viene una idea e la sviluppo sul palcoscenico assieme ai corpi. Per scrivere non bisogna avere per forza una storia. Certe volte basta anche una pulsione, uno stato d'animo, un colore, una emozione, qualsiasi cosa. Le storie ce l'hai dentro, non c'è bisogno che te le vai a cercare fuori. Lavoro attraverso un processo compositivo. Nei miei spettacoli l'inizio può nascere anche dopo. Questo vuol dire che non c'è mai una sequenza narrativa cronologica. Seguo piuttosto le spinte che mi portano a scrivere un testo che è fatto di condizioni. La condizione di una storia piuttosto che la storia. Gli attori sono per me la penna, gli aggettivi, i punti esclamativi. Un esorcismo dello stereotipo. La scrittura è il disegno di altri mondi possibili. Sono convinta che esistono altri milioni di punti di vista e che non sempre quelli logici sono i più interessanti. Anzi quasi mai lo sono.

Metto in scena l'altro punto di vista, quello della follia, quello che non ha logica, che sfugge, che è quasi sempre bugiardo e menzognero. Non è paragonabile a nessuna verità. Come la luce di una fotografia. Non esiste, non è reale perché è stampata.

E poi è ferma, e invece la luce è movimento. Il mio vissuto in questo modo viene elaborato seguendo la strada dell'incoerenza, un gioco a ribaltare continuamente la situazione.

Mi piace molto mischiare le carte. È il gioco che l'artista deve fare per non annoiarsi. Un codice facilissimo da cogliere.

I miei personaggi recitano in dialetto. A Milano non capiscono, ma apprezzano lo stesso. Il dialetto siciliano è una lingua straordinaria, si accompagna sempre alla gestualità, un certo modo di guardare, di girare la testa. Non parlo della pantomima. Il dialetto è ricco anche perché è seguito sempre da questo ammiccamento continuo, allusioni e sguardi, gesti, doppi sensi. Il dolore e la gioia sono sempre molto presenti, uno dietro l'altro.

Io ho molto rispetto per lo spettatore. I miei spettacoli li faccio nella condizione di spettatrice. Il teatro mi deve divertire e stupire. Gioco molto con i contrari, la felicità e l'infelicità, il bene e il male. Ma svelo anche la parte malata. La nota dolente. Il racconto del mostro che c'è dietro il carretto siciliano.

È un teatro molto primitivo. Parte dalla clava per arrivare a internet. Ma c'è di più la clava.

Io spero che Palermo si riprenda presto. Sono molto addolorata per le sue sorti. Ma questa volta ho deciso di restarci per sempre. Pur sapendo che esiste un fuori e pur andandoci spesso in questo fuori.

Questa città è una fucina di ricchezze a tutti i livelli, una terra con una grande cultura, architettura fantastica, mare e sole. Quella che porto in giro è una Sicilia affascinante ed esotica, piena di frutti proibiti. Questa è la terra del peccato, il paradiso terrestre. Però si lascia morire. Ha sempre le pantofole ai piedi. È indolente. Non reagisce. C'è sempre bisogno di qualcuno che le dia lo slancio perché da sola non ce la fa. Ed è anche questa la sua bellezza.

Questo suo essere sfatta e sempre in vestaglia, fa di lei una vera *buttana*.

Marilena Monti

Io non dovevo fare la cantante.

Studiavo biologia. Poi quando mi mancava solo la tesi ho deciso di non laurearmi più. Non volevo cadere un giorno nella tentazione di lasciare la musica per un altro mestiere.

Credo che ciascuno di noi abbia una funzione nella vita. La mia è quella di raccontare. Sento moltissimo gli incontri, gli accadimenti, le cose, la natura, questa terra. Sono travolta dall'urgenza di fare vivere le mie emozioni con le parole, per descriverle agli altri. Una esigenza di rappresentazione che esprimo con le canzoni, i romanzi, le poesie, il teatro.

Nella mia musica, ma anche nei miei libri, c'è la presenza di mia nonna. Non cantava, però mi ha raccontato tantissime storie di Sicilia. Parlava per massime e proverbi e questo suo stile così immediato è oggi la mia radice di ulivo. Mi ha trasferito questa linfa e questa connessione profonda con una sicilianità austera e felice, gioiosa e in qualche modo nobile, nel senso che ha il sentimento della vita guadagnato a fatica, sofferto, valutato nella sua grandezza. Mi ricordo che discuteva mezz'ora con una mosca dietro il vetro, insistendo perché uscisse, perché non voleva ucciderla.

È poesia questa? Io penso di sì.

Io non sono una cantante, sono un cantastorie. Chi fa il cantante è uno che cura e studia la voce, lavora su questo mezzo come fa il violinista col suo violino. Io mi definisco un saltimbanco, nel senso che attraverso tutte le varie possibilità espressive. Faccio rivivere storie vecchie e nuove attraverso una voce e una chitarra. Cerco nelle piazze un rapporto intenso con la gente, una relazione capace di creare un'atmosfera magica di ricerca, di voglia di affondare le radici nel tempo. La piazza non è lo stadio e nemmeno il teatro. Nelle piazze c'è la dimensione umana del silenzio, voci lontane, le luci delle case. Si può trasmettere di più un'emozione.

Nelle mie canzoni il tema dell'isola è centrale perché l'isola la identifico con me stessa.

Un'isola signora.

Sono una siciliana che ogni giorno deve lottare in quanto donna e in quanto siciliana. Proprio come la Sicilia che, sempre guardata con sospetto, deve combattere per rivendicare la propria libertà di popolo. Palermo è una città assediata dal malaffare, per questo si sente di più il sentimento dell'oppressione e il desiderio del riscatto. Poi in fondo è sempre questo il messaggio di tutto quello che scrivo: riscatto. Noi siciliani siamo i soli capaci di raccontarci al mondo. Gli altri ci raccontano per interesse, ci vendono per denaro, ci rappresentano diversi da come siamo.

Gli invasori fanno soldi sulle storie di sangue della Sicilia e ci rivelano tragici. La tragedia si colloca meglio, si vende di più al cinema, alle case editrici, ai giornali. Noi invece siamo drammatici. E il dramma è diverso dalla tragedia. È più intimo, meno plateale. La donna vive con maggiore intensità questa rappresentazione. Ha vissuto più visceralmente all'interno della casa ed ha avuto il tempo di mettere a punto i propri linguaggi. L'uomo proiettato all'esterno ha dovuto invece più spesso mediare. La donna è stata più a contatto con se stessa e ha maturato la propria identità che è anche molto ironica.

La Sicilia è la terra del silenzio. Io ho sempre in testa un'immagine che mi ha colpito moltissimo.

Un pomeriggio di trent'anni fa a Poggioreale. Il terremoto aveva distrutto tutto. La miseria sovrastava ogni cosa. La disperazione della gente era scolpita nei volti di tutti. Ma in mezzo all'asfalto c'era un fiore, una margherita gialla che aveva sfondato la pietra per annunciare la primavera. Era venuta fuori da una crepa con una grande forza. La natura coi suoi cicli normali aveva risposto alla sua stessa violenza; dal silenzio era venuto fuori l'urlo. Questa terra ha delle cose da dire che esprime mormorando. Io credo che prima o poi arriverà l'urlo a lacerare questa quiete malata. Per levare alto questo grido bisogna guardare al passato, prendere forza dai nostri padri, dai nostri nonni. Nel passato c'è l'energia che serve. Ma anche il rimpianto di qualità umane che si sono sbiadite. E anche il rimorso, perché non si è fatto abbastanza.

Tutti da queste parti abbiamo il nostro peccato di omertà.

Guardandoci indietro, rileggendo la nostra storia dobbiamo trovare il vigore per cancellare queste sottili connivenze.

La Sicilia è una terra che stende tappeti agli invasori. Questa è la cosa che rimprovero di più ai miei conterranei. Qui l' invasore viene sempre accolto a braccia aperte ed è quasi sempre uno che ci saccheggerà, ci ruberà. È uno che ci racconterà male falsando le nostre intenzioni. Un altro non ci può raccontare come siamo, dobbiamo imparare noi stessi a farlo. Dirigo laboratori di scrittura nelle scuole proprio perché i ragazzi si abituino a raccontare se stessi e ad entrare in contatto con le proprie parole dell'anima. Più parole si sanno e più si è liberi.

Non dobbiamo accendere la televisione per sapere chi siamo.

Sono tornata a Santa Margherita Belice per un concerto ed ho visto ristrutturata la casa delle vacanze di Tomasi di Lampedusa. E mi chiedevo se questa fosse ancora la terra del Gattopardo. Ritengo che per molti versi lo sia.

Nella rassegnazione, certamente. Iene e sciacalli si sono moltiplicati. Gli invasori di oggi sono i giornalisti. Ma anche gli scrittori.

La Sicilia è una terra continuamente depredata da chi continua a scriverci sopra. Di siciliani che scrivono di Sicilia ce ne sono in buona e in cattiva fede, e questi ultimi sono i più cannibali di tutti.

Il suo fascino è incredibile, noi non riusciamo neanche ad immaginare quanta attrazione possa esercitare su chi non è siciliano. Questo è un luogo oscuro, pieno di magia, è un luogo dove si può perdere la ragione, e rimanere prigionieri di inquietanti labirinti. La sua grazia attraversa i corpi e diventa senso, peccato, desiderio. Ed è addirittura naturale voler scrivere, narrare. Però quando si pensa a sfruttare la Sicilia coi film e coi libri perché tanto il sangue vende sempre, allora non ci sto.

Avevo scritto un racconto su un fatto drammatico avvenuto a Palermo, e un editore di Milano me l'ha respinto dicendomi: «Lei non ha abbastanza inchiostro rosso. Deve scriverlo con più sangue».

Mi ha ferita a morte.

Ecco, questo episodio offre la misura esatta di quanto il nostro sangue diventi moneta sonante per costoro. Farei un Vespro Siciliano contro questi nuovi invasori. Lo so può sembrare gelosia, e forse in parte lo è. È predominante però un profondo senso di verità, una passione carnale per l'isola signora.

Di questa terra mi piace la luce. La profondità di campo. La possibilità di vedere oltre ciò che è consentito. Quando guardo l'orizzonte scorgo altre isole e oltre le isole altri mondi.

Il siciliano ha una straordinaria capacità di percezione sensoriale che coincide con una luce d'intelligenza abbagliante. E questo è un dono in più. È un vero rapporto di amore, fortissimo, irrazionale, che procura emozioni incontenibili. Penso a certi nostri paesaggi di spine e rovi bucati all'improvviso da un fiore. Per me quel fiore che ho visto in mezzo all'asfalto, fra le case distrutte del Belice, ha molto più valore di certi giardini della Svizzera dove la noia impera.

La Sicilia è il "Bignami" del pianeta terra. C'è tutto.

Io sono stata lo scorso inverno sull'Etna. Di notte a 1800 metri c'erano i ghiacciai. All'alba a Taormina era arrivato lo scirocco e c'erano venti gradi. In un'ora sono passata da un posto dove si poteva sciare ad un altro dove si poteva fare il bagno. In pochi chilometri ho attraversato le stagioni, i paesaggi, le emozioni. In pochi istanti ho bucato il mondo. E ho percorso la sua sintesi.

Angela Lanza

Mio padre tutte le mattine prima di andare al lavoro, si toglieva il distintivo littorio, ci sputava sopra e poi se lo rimetteva sulla giacca.

Mio padre era un magistrato antifascista. Aveva dovuto per forza giurare fedeltà allo Stato, però si rifiutava di giudicare ebrei o, comunque, fare qualsiasi azione contro la sua coscienza.

Vivevamo a Roma e ogni volta che vedevamo i tedeschi attorno al nostro palazzo temevamo che fossero lì per lui.

Una notte le SS bussarono veramente al portone. Eravamo terrorizzati, pensavamo che stavolta ce lo avrebbero preso. Invece erano venuti per un signore che abitava al piano di sopra. Un errore. Quell'uomo si suicidò in prigione.

Le mie giornate erano completamente possedute dalle sollecitazioni che venivano da fuori. La mia vita è cominciata con le immagini della guerra in un carosello di sensazioni e scoperte che si sovrapponevano caoticamente.

In cucina avevamo una botola dove nascondevamo i partigiani che fuggivano verso il Nord, quando già erano sbarcati gli Alleati in Sicilia. Erano uomini tristi, certe volte non ce la facevano più a stare chiusi in cantina e venivano a giocare in cucina con noi.

Di fronte alla nostra casa c'era il cancello secondario di villa Torlonia, dove abitava Mussolini. Quando ci fu l'eccidio delle Fosse Ardeatine fu preso per strada anche un ragazzo del nostro palazzo. Si può dire che avevamo la guerra in casa. La notte che i tedeschi abbandonarono Roma, noi li abbiamo spiati con la faccia appoggiata alle fessure delle persiane, al buio.

«Se ne vanno, vero mamma?».

Una lacrima.

Un'altra.

«Sì, se ne vanno».

Mia madre piangeva.

Ero stupita: mi sembrava una grande contraddizione. Doveva essere felice, finalmente ci liberavamo dall'oppressione e dalla paura e, invece, piangeva per loro.

Li vedeva partire e aveva compassione per quei destini perduti, per quelle vite buttate via. Piangeva perché avevano sedici, diciassette anni. La loro gioventù si era bruciata dietro quella follia.

Sono ricordi molto forti. Il tuono del battente sul portone, i bambini con la divisa, la morte per caso. La paura per i bombardamenti. La fame.

Poi l'arrivo degli americani, le gomme da masticare, i film. Si poteva uscire, cantare. Non c'era più il coprifuoco. Era la libertà di cui avevano sempre parlato i grandi.

Da Roma siamo tornati a Palermo dopo un mese e mezzo di viaggio. Sulle panche di un camion abbiamo attraversato la campagna laziale fino a Napoli e poi, accampati in casa di amici per arrivare avventurosamente a Messina con un peschereccio e, di nuovo, su un camion per Gibilmanna.

Ovunque macerie. Le case sventrate, le strade piene di buche. Io l'Italia del Sud l'ho vista per la prima volta così.

È stato un viaggio epico, ogni gesto è rimasto scolpito dentro di me e ha formato la mia vita.

In questo andare e poi tornare trovo me stessa e le mie radici.

La mia è stata, nel tempo, una famiglia di intellettuali che è riuscita a non farsi schiacciare da una aristocrazia arrogante e da una borghesia subdola e maneggiona: ha vissuto con orgoglio la sua collocazione storica.

Mio padre era un uomo di cultura, figlio di un botanico antifascista che, per questo motivo, fu rimosso dalla sua carica di direttore dell'Orto Botanico a Palermo. Aveva scoperto, in un posto remoto delle alte Madonie, un abete dell'era glaciale che chiamò "Abies Nebrodensis".

Mia nonna è stata una scrittrice di talento e una grande mistica del secolo scorso.

Mia madre, invece, era una donna volitiva e forte e quando mio padre è morto – io avevo quindici anni – la sua figura è diventata preminente, senza contrappeso. Lei amava la mondanità, la vita di società, il contrario di quello che piaceva a me. Per difendermi, per affermare la mia libertà sono stata molto dura con lei. Io volevo fare le mie scelte. Volevo creare da me la mia storia.

A diciannove anni mi sono sposata. A venticinque ero già separata e sono tornata a vivere a Roma con i miei due primi figli. Lì ho fondato con mio cugino Giuseppe Paolo Samonà e con Giulio Savelli la casa editrice "Samonà e Savelli". Era il 1963: è stata la prima casa editrice di rottura; in quegli anni abbiamo messo in circolazione libri come: *I discorsi di Fidel Castro*, *La strage di Stato* dopo i fatti di piazza Fontana, *Scrittori e popolo* di Asor Rosa. E molti altri ancora.

Da mia madre ho ereditato l'intuito, da mio padre l'equilibrio, il pensiero libero da conformismi e la passione per i libri. Con mia madre è stato difficile. A quel tempo non c'erano molte ribellioni radicali come la mia; poi a poco a poco anche lei è cambiata e ha accettato il mio modo di esistere, diverso dal suo.

Io non ho mai scisso le persone dal loro contesto sociale e politico.

Negli anni Sessanta l'alleanza fra una aristocrazia ancora feudale e il malaffare mi ha portato lontano dall'isola; ma poi sono tornata di nuovo per vedere se le cose potevano cambiare. E ho cominciato sempre da me, anche a costo di dure e complesse trasformazioni. Per prima cosa ho rotto i fili con la mia provenienza sociale. Ho cercato il cambiamento con quella parte della sinistra che più aderiva al mio pensiero: l'organizzazione di Avanguardia Operaia. Lavoravo come psicologa in una zona calda di Palermo, la Kalsa. Andavo nelle scuole elementari, parlavo alle insegnanti e alle madri di diritti, di cittadinanza. Insieme abbiamo fatto la campagna per il divorzio e l'aborto. È nata, in questo comitato di madri, fiducia e solidarietà e così, insieme, abbiamo deciso di occupare le case della Roccella che il Comune di Palermo ritardava a consegnare ai senza tetto per problemi di clientelismo. Abbiamo denunciato speculatori e burocrati ottusi. Eravamo soprattutto donne, ma non solo. Facevamo le riunioni in gran segreto perché occupare case è come andare a una guerriglia. Il comitato delle Case Pericolanti, di cui fecero parte alla fine tutti e quattro i mandamenti del centro storico, ha ottenuto per i senza tetto le case popolari e anche alcune case private pagate dal Comune.

In quegli anni la situazione femminile era drammatica. Prima del movimento femminista c'era l'impero dell'uomo. Non si poteva uscire di casa la sera. Mancavano condizioni di lavoro, la famiglia era incombente.

L'ondata femminista è stata uno scoppio di libertà che ha invaso scuole e università. Un'aria calda che ha travolto il pensiero di una intera generazione. Da quel momento nessuna cosa è stata eguale a prima. Sono mutate le relazioni. Per sempre. Ricordo che molti padri durante le occupazioni delle università nel 1977 sequestrarono le figlie per non mandarle nelle facoltà occupate. È stato fatto un lavoro enorme, talvolta in silenzio senza i clamori delle piazze, nei piccoli gruppi di autocoscienza. E i risultati ci sono, esistono. Sono cambiati moltissimo i costumi; anche se la presenza soffocante e violenta della mafia ha compromesso la situazione della donna, già grave per la mancanza di lavoro. Il movimento delle donne in Sicilia è stato spesso debole per colpa di questa cappa asfissiante e noi abbiamo subito per prime la devastazione criminale, complice una aberrante visione medievale della famiglia.

Nel 1977 con un gruppo di compagne e compagni abbiamo aperto la libreria "Cento fiori" in via Agrigento insieme al "Centro di Documentazione Peppino Impastato". Per la prima volta è stata fatta una corretta analisi della mafia.

A trent'anni dalla strage, abbiamo organizzato un convegno su Portella della Ginestra. Una occasione preziosa per raccogliere testimonianze di donne che avevano fatto le occupazioni delle terre del Corleonese e delle Madonie. Questo lavoro di interviste mi è servito a indagare zone di passaggio rimaste oscure: è stata la spinta per scrivere anni dopo *Sono stata Orsa a Brauron* in cui queste storie di coraggio sono la migliore testimonianza di uno dei momenti più gloriosi della storia siciliana.

Alla fine degli anni Settanta la sinistra extraparlamentare è entrata in crisi. Le scelte più dure delle Brigate rosse, la fine di Moro hanno investito molta gente. Io ho sentito forte il desiderio di capire, dovevo fuggire dalla confusione di quel momento.

Un giorno del 1980 sono andata in India.

Mi avevano deluso l'indebolimento delle analisi, il rafforzamento delle tensioni sociali. È molto difficile raccontare l'esperienza dell'incontro con il buddismo, la difficoltà di avvicinarsi alle tecniche di meditazione. Tutto così diverso da quanto fatto prima. È stato come trovarsi davanti a uno specchio. Senza tanto rumore vai a sbattere contro alcune storie di te stessa che puoi superare o accettare. Soprattutto è difficile accettare.

L'India è un salto da un'altra parte.

Non ci sono più i modelli e i valori del cristianesimo. È (o almeno è stato fino al secolo scorso) il passaggio in un'altra storia. L'attenzione è messa sul presente, anche se la tradizione è valorizzata. E, soprattutto, non esiste la trascendenza. Un maestro è saggio perché non va dietro a congetture mentali: sa stare nel momento presente cioè in quel pezzetto di vita in cui tu sei, ed è allora che capisci cosa sia la gioia. Se gli domandi qualcosa lui ti risponde con verità e grande apertura. Lui non ha altri fini. È là davanti a te.

A Poona ci sono tornata spesso, tre quattro mesi per volta, fino al 2000. Lì ho trovato le risposte: quelle che arrivano dal vuoto interiore che dà la saggezza. Noi siamo pieni di immaginazioni false, di paura. Quando Osho parlava, spiegava molte cose di noi. Insieme a me c'erano giovani arrivati da ogni parte del mondo, soprattutto da paesi difficili dove la vita in quel momento non era tranquilla: Russia,

Israele, Giappone, Stati Uniti. Scappavano dai loro inferni e speravano di imbattersi in qualcosa di diverso.

In India chi riesce ad abbandonare i propri puntelli e capire che possono non essere fondamentali, si accorge che la propria natura è stata repressa ma in qualche modo, lavorando su di sé, può di nuovo venire a galla. Ci si può mettere in cammino per conoscere se stessi attraverso strumenti nuovi. È stata quell'esperienza che mi ha fatto toccare con mano i limiti dei nostri studi di psicologia; le tecniche che noi usavamo in Europa erano molto grossolane rispetto allo sforzo che si faceva nell'ashram di Poona per toccare la profondità dell'essere umano.

Alla fine degli anni Ottanta ho lasciato il mio lavoro di psicologa e mi sono trasferita in campagna, nei terreni ereditati dal mio nonno botanico dove ero stata felice nelle mie estati di bambina. A Gibilmanna è nata una comune, meditazione e gruppi di terapia che continuano ancora. L'esperienza dell'agriturismo è arrivata dopo. Questa terra è il giardino della mia infanzia, il legame con gli antenati, una continuità storica. Se stai in silenzio sotto una delle tante querce secolari puoi sentire battere il cuore stesso della natura. Qui ho ricominciato a scrivere. Per scrivere hai bisogno della follia del tempo. Devi sapere che davanti a te hai l'eternità.

Nel 1992 ho rimesso i piedi nella politica. Le stragi contro Falcone e Borsellino mi hanno tirato di nuovo dentro. Con altre donne della sinistra e del movimento di liberazione femminista abbiamo organizzato un sit-in in piazza Politeama a Palermo. Abbiamo pensato immediatamente a un digiuno a catena. Sentivamo che i nostri corpi avevano bisogno di trasparenza, dovevamo tenerli fuori da quanto era successo. Volevamo una netta separazione da quella parte della città che non si ribellava, da quelli che consideravano i corpi solo carne da macello. Questo era l'unico modo per non essere cancellate. Ci siamo appese al collo un piattino di cartone di colore giallo, c'era scritto: "Ho fame di giustizia, digiuno contro la mafia". Ogni sera ci riunivamo in circolo e tutte insieme decidevamo cosa si dovesse fare. Abbiamo incontrato e sostenuto quei magistrati del pool antimafia che avevano lavorato con Falcone e Borsellino. Erano rimasti soli. Questo è stato il nostro modo di urlare NO alla mafia. È stata un'esperienza molto forte, un mese pieno di energia, di fiducia in un riscatto, di emozioni.

Molte ragazze di oggi non hanno idea delle battaglie che abbiamo fatto perché anche loro potessero esprimersi ed essere libere. Immaginano che tutto sia uscito dal cappello. Le donne, invece, sono obbligate a tessere continuamente una tela di esperienze, la tramano e se la rimandano, ma la tessitura non è ancora così forte da sostenere un vero intervento autonomo nel sociale.

Stiamo facendo i primi passi: dietro ogni donna che si afferma nel sociale e in politica deve esserci una vasta partecipazione di altre donne che la sostengono. Le giovani donne devono imparare a volere il potere, per organizzare una società secondo la loro intelligenza e creatività; devono dire a se stesse che vogliono il potere per condividerlo onestamente con altre donne e uomini. Non si tratta di strapparlo dalle loro mani ma di inventarsi strade diverse per portare avanti una politica più solidale e, forse, più benefica per questa nostra terra.

Qualche volta ho pensato che i miei figli avrebbero preferito una madre classica. Io, invece, ho preteso che mi seguissero in queste continue trasformazioni. Lo hanno fatto, spesso con fatica e sofferenza. Sono persone creative, capaci di guardare in faccia la vita, condividiamo un comune sguardo su quanto accade nel mondo.

Adesso rimango otto mesi l'anno in Sicilia dove ho anche due meravigliosi nipoti; gli altri mesi vivo a Roma e continuo a scrivere di politica delle donne su siti e giornali.

Mi piace ancora molto viaggiare. La mia curiosità mi porta a spostarmi e a raccontare altre terre. La meditazione buddista continua ad essere il mio cammino e seguo l'insegnamento del maestro vietnamita Tich Nath Hanh che adesso ha ottanta anni e vive in Francia. Dalla sua terribile esperienza in Vietnam è nata la via per una vera pace con se stessi e con gli altri. L'unico modo per raggiungere una felicità e una stabilità interiore.

Maria La Rocca Di San Silvestro

«Quanti anni hai, piccolina?».

«Otto anni».

«Che classe fai?».

«La terza, mamma».

«Brava. Ora vai a giocare».

Mia madre era fatta così, mi incontrava per casa, e ogni volta mi chiedeva la stessa cosa. Una donna buona, semplice e bambina. Aveva studiato al Poggio Imperiale di Firenze. È entrata in collegio che aveva sei anni e quando è uscita a diciotto anni si è sposata mio padre, un uomo che non aveva mai visto. Un patto fra due casati. La prima notte di nozze è rimasta chiusa fino all'alba dentro l'armadio. Era terrorizzata.

Mio padre voleva un figlio maschio. Ma il Signore gli ha mandato soltanto femmine. Quando mia madre è rimasta di nuovo incinta, io e mio padre vivevamo da soli a Ragusa. A Catania dove abitava lei, ci andavamo solo ogni tanto. Siamo tornati il giorno che ha partorito.

«Signor barone, signor barone. È nata. Pochi minuti fa è nata».

«È un maschio vero?».

«No, no. Santa Elisabetta una fimminedda ci mandò».

Lui ha voltato le spalle alla cameriera. È rientrato in macchina e mi ha posato sul sedile di fianco a lui.

Il fumo del motore, il portone che si allontana, la strada per Ragusa.

Si è rifiutato di vedere mia sorella e pure mia madre.

Per cinque anni in quella casa non ci abbiamo messo più piede.

Era nata un'altra femmina. E ci voleva tempo per liberarsi da questo affronto del destino. Certo si scrivevano. Forse si volevano pure bene. Sono sicura che mia madre non ha capito nulla di quel distacco. Lei viveva avvolta in questa sua solida fragilità da benestante circondata da agi e servitori.

Quando ho compiuto otto anni, mio padre ha deciso che era giunto il momento di ritirarci a Catania. Mia sorella, che non lo aveva mai visto, appena se l'è trovato davanti, gli ha dato un morso alla mano che ho ancora in testa le sue imprecazioni. Per punirla ha preteso che quel piccolo mostro fosse chiuso in cucina. Non poteva essere una bambina normale una che smozzicava in quel modo la mano di suo padre. Quando lui è morto non le ha lasciato nulla, indicandomi erede universale dei suoi beni. Allora io sono andata dal notaio e ho rinunciato alla mia parte in suo favore. Le volevo bene, mi faceva tenerezza, aveva sofferto tanto. Ma non era colpa mia se le cose erano andate così. Il rancore me l'ha tenuto fino alla morte, nonostante io abbia fatto ogni cosa per non meritarlo. L'ho riempita di attenzioni, ho cercato di condividere con lei quello che avevo, regali, giochi, vestiti. Ma non è servito.

Dentro il corpo di mia madre c'era una bambina che non era mai cresciuta. Suo nonno era il principe Grimaldi, suo padre il barone Pucci. La sua famiglia aveva origini toscane. Erano arrivati in Sicilia a seguito della guerra fra Guelfi e Ghibellini.

Papà era ragusano e si chiamava Rocca di San Silvestro. Sua madre si era sposata a quattordici anni e ha avuto cinque figli. Mio padre è cresciuto a casa del nonno paterno. Odiato dai fratelli, per il privilegio che aveva avuto di vivere fra la roba del casato. Come tutti avevano previsto, fu lui alla morte dei nonni a ereditare tutto, terreni, proprietà e palazzi. Io questi privilegi li conosco bene, anche a me è toccata una infanzia spensierata, circondata dal benessere. Sono cresciuta così, senza problemi, con la sicurezza di un solido patrimonio. Sentivo di potere fare qualsiasi cosa e questa è davvero una bella sensazione. Volevo vedere altri posti, conoscere gente, mischiarmi con il mondo. Sognavo di andare a vivere a Parigi, viaggiare, mettermi in mezzo.

Avevo tutte queste idee in testa quando ho conosciuto per la prima volta l'amore.

Lui aveva un fisico da atleta, ma non era bello. Ero molto attratta da quest'uomo. Avevo diciassette anni. Mio padre in principio non si è mostrato molto entusiasta del partito che gli portavo. In realtà era l'idea di accompagnarmi all'altare che gli dava fastidio e non lo faceva dormire. Come al solito ho fatto di testa mia e me lo sono sposato. Dopo le nozze, mio padre si è chiuso per un giorno intero nella sua camera a disperarsi. Per questo forse non è mai stato capace di volergli bene.

Quel maschio gli aveva rubato la figlia.

Con la legge Merlin, sono stata nominata tesoriera dell'ente di recupero per le ex prostitute. Andavo in giro nei quartieri brutti di Catania, incontravo queste povere donne, le persuadevo a cambiare vita in cambio di un lavoro normale. Collaboravo pure con il Tribunale dei minori, amministravo il patrimonio dei minori disagiati, me li portavo a casa a mangiare, cercavo le famiglie per farli adottare.

La casalinga non l'ho fatta mai. Non ho mai aspettato mio marito con il fuoco acceso. I miei figli mi rinfacciano che a loro non ho mai fatto il bagno e non gli ho mai dato da mangiare. Ho sempre avuto persone di servizio e bambinaie. Giocavo a carte, con mio marito cenavamo fuori, viaggiavamo.

Per natura sono sempre stata una alla ricerca delle novità.

Nel 1978 in Venezuela ho partecipato a una spedizione alla ricerca di un giacimento d'oro, a dorso di mulo. Siamo arrivati in un posto spaventoso, casette di legno, un fiume scintillante di pepite. Un'avventura.

Con mio marito per trentaquattro anni tutto è andato bene. Ognuno aveva la sua libertà, ma c'era anche il massimo rispetto fra di noi. Così mi sembrava. Non mi ero accorta che lui si era innamorato di un'altra donna. La separazione è stata molto turbolenta. Ero addolorata, ferita nell'orgoglio e nel cuore. Sono fuggita in America da alcuni amici. Il conforto però non mi bastava, mi serviva un luogo più tranquillo per vincere questo tormento. Per un mese mi sono trasferita in Svizzera sul lago di Costanza, e questa pace mi ha rigenerata. Ero pronta a ricominciare daccapo. Buone intenzioni certo, ma non avevo una lira. Sono ritornata a Catania. Per alcune settimane ho vissuto grazie ai soldi che mi avevano dato gli amici americani. Il soccorso vero è arrivato però da due zii di mio marito che avevano disapprovato questo divorzio. Uno era scapolo, l'altra non aveva eredi. Hanno fatto testamento a favore mio e di mio figlio e mi hanno lasciato delle proprietà. Nel 1985 ho ricevuto questo patrimonio che era una fortuna. Ci volevano altri soldi però per averlo, tassa di successione, notaio e qualche debituccio residuo. Uno dei fondi era edificabile, si trovava in una zona buona, nel centro del paese di Lentini. Mi sarebbe servito per mettere a posto l'eredità e vivere di rendita.

La mia storia probabilmente sarebbe finita qui, se una pietra non si fosse messa sui miei passi. Era lì in cima a quel terreno che io stavo per vendere. Spuntava bella e levigata sul cocuzzolo di un dosso alberato. Come una bambina ho preso una paletta e ho cominciato a scavare. Quella strana cosa volevo portarmela a casa. No, non era una pietra come le altre, sembrava il bracciolo di marmo di un divano. Una roba da restare senza fiato. Quello scavo aveva riportato alla luce una vasta e improvvisa depressione, la terra franava e svelava una meraviglia. Un antro nascosto. Ho detto agli operai di entrare per vedere cosa c'era in quel nascondiglio. Ma loro avevano paura e si sono allontanati. Toccava a me penetrare quella misteriosa caverna.

«Va bene, ci penso io».

«Baronessa, lei ci deve scusare, ma noi siamo gente di campagna e abbiamo paura».

«Sì, ma se fra un quarto d'ora non mi vedete chiamate il 113».

E sono entrata. C'era un buio pesto. Avevo in tasca la fattura per il concime, ne ho fatto una torcia e l'ho accesa con i fiammiferi che mi ero portata dietro. Mi sono guardata attorno e mi è apparsa una tenda, mi sono girata dall'altra parte e la tenda non c'era più. Lo stesso effetto con un mobile, una scrivania, un divano. Li vedevo e dopo scomparivano. Sono uscita che dovevo sembrare una pazza. Una saetta. Mi sembrava di avere visto i fantasmi.

La sera ho telefonato a un architetto amico mio e gli ho raccontato quello che era successo. Il giorno dopo ci siamo andati insieme. Nessun dubbio: avevo scoperto la stanza dello scirocco e le terme romane. La Soprintendenza in pochi giorni ci ha messo il vincolo; non potevo più vendere il terreno.

Quella che io avevo visto il giorno prima era una garçonnière, mobili, tende e turcaglie annessi. L'ossigeno era entrato con me e aveva polverizzato tutto. Ecco la spiegazione di quei miraggi. Era un magnifico esempio di casa biotermica, dotata di terme e di un ingegnoso sistema di circolazione idrica capace di mantenerla fresca d'estate e calda d'inverno. La scelta di rifugiarsi in stanze sotterranee o in grotte naturali dove i forti spessori di muri o roccia riparano dalla calura asfissiante dello scirocco, fino a qualche decennio fa ancora perdurava nella progettazione delle case contadine. Il barone Fuccio Corbino aveva avuto in dote nel 1707 dalla moglie, che era una Magnano Sallio, il feudo della Balata di Zacco che comprendeva questa tenuta che giungeva fino a Lentini. Qui aveva trovato questa grotta dove scorreva l'acqua. Era appartenuta a un patrizio romano che più giù si era fatto costruire una villa con le terme sfruttando appunto la provvida sorgente. A Lentini c'era il porto, e il fiume che attraversava questa proprietà era l'unico sbocco per le navi. In una delle incursioni dei romani, un nobile guerriero si era innamorato perdutamente di questo fondo e aveva deciso di trasferirsi qui.

Per quasi duemila anni di questo luogo si era smarrita la memoria. Poi un giorno dei primi anni del 1700 il barone Corbino pensò che questo riparo poteva essergli utile per armare un garçonnière. Sistemò il giardino, fece realizzare una vasca e un divano di pietra con la frangia mossa dal vento. I giochi d'acqua. Gli arredi moreschi. Poi lui è morto e i suoi eredi, che si vergognavano di questa casa del peccato, l'hanno seppellita con la sabbia di 1840 carretti. Lo stesso barone Corbino non capì mai il valore di questo luogo. Dentro ci costruì persino un gabinetto che io ho trovato pieno di cantari, i vasi da notte di Caltagirone.

Per restaurare il sito esattamente come era all'origine ho ottenuto un finanziamento dell'assessorato regionale ai Beni Culturali. L'obiettivo era di renderlo fruibile a tutti. Mi sono inventata un ristorante per offrire ai visitatori la possibilità di restare a pranzo. Qualcuno mi chiedeva anche di dormire e così è nata nel 1992 con un permesso speciale della Regione la prima azienda agrituristica siciliana. Assieme a un gruppo di operatori turistici mi sono battuta perché fosse approvata una legge sul turismo rurale. Poi ho pensato di trasformare le grotte dei pastori, dove avevano abitato anche i greci e i romani, in camere con bagno. C'era una bellissima vasca di irrigazione, l'ho coperta con il tetto e ho ricavato altre due camere. La stanza dello scirocco è rimasta la vera attrazione. Questo posto ha rappresentato una grande scommessa, un tesoro recuperato, ma anche il punto da cui sono ripartita. Sono un carro armato, e quando mi metto in testa una cosa non guardo in faccia a nessuno. Certo, non è stato facile, e una donna sola in Sicilia ha più difficoltà che altrove. Dopo venti anni ho cercato di passare la mano alle mie nipoti che però hanno altre passioni. Così ho messo in vendita l'azienda. È una questione di destino, tutto quello che ho avuto prima o poi l' ho perso: marito, proprietà, gioielli. Ma va bene lo stesso.

La mia prima vita è stata tutt
seconda l' ho vissuta più allegram
poche cose. Anche i bocconi ama
Ogni volta che qualcuno mi ha tr
diventata migliore. Oggi vivo così.
Perché mi piace giocare a carte. Al
pre un tavolo per me. Vinco quasi se
va e fortunata.

Io non gioco per vincere o per perdere, gioco per giocare.

E quando qualche volta perdo, mi faccio una grande risata.

Letizia Battaglia

Mi ricordo una vecchina che veniva a portarci le uova. Saliva a piedi fino al terzo piano e quando era stanca si fermava e faceva la pipì sulle scale. Non aveva vergogna, nemmeno si voltava per vedere se c'era qualcuno che la guardava. Lei era stanca e doveva fare la pipì. Questo è un ricordo dolce, stranamente dolce. Sento ancora nelle narici quello strano odore di pipì, di disinfettante e di pollaio. La vedo dall'alto, minuta, curva, alzarsi in un fagotto la lunga gonna nera, abbassarsi e fare la pipì.

È un ricordo ma è anche una fotografia della memoria. Questa è la prima immagine che mi viene in mente pensando a Palermo. Una immagine senza vergogna proprio come questa città. E anche ora, se penso a un'istantanea capace di sintetizzare l'attualità di Palermo, penso a una donna. Io fotografo moltissimo le donne, mi vengono meglio. Assecondo un intuito che mi spinge a fotografare più le donne degli uomini. Lo vivo come un incontro di energie. La mia energia che si incontra d'istinto con l'energia delle donne che fotografo.

Io ho passato la mia prima infanzia fuori, a Napoli, a Civitavecchia e a Trieste. Quando sono ritornata a Palermo avevo undici anni e ho sofferto molto. I miei genitori avevano deciso di togliermi tutte le libertà che avevo.

A Trieste a dieci anni andavo da sola in bicicletta; quando sono arrivata a Palermo non era più possibile, perché qui era diverso il ritmo di vita delle donne. Non era giusto camminare per strada dopo un certo orario. Non era giusto farsi vedere in giro con i ragazzi. Non era giusto dare troppe confidenze agli estranei. Per le donne non erano giuste troppe cose. Ma io un po' me ne fregavo. E già allora facevo quello che a me sembrava giusto.

Io sono sempre stata una persona anticonformista. Il conformismo mi ha fatto soffrire molto. Ora i tempi sono cambiati, ma negli anni Sessanta contavano in Sicilia solo le cose che diceva la gente. I sussurri e i bisbigli mi hanno perseguitata per tutta la giovinezza.

La città m'incuriosiva, mi spingeva a uscire fuori di casa, sentivo il bisogno di viverci a stretto contatto per capirne gli umori. Palermo mi faceva pulsare le vene. Ma prima di cedere completamente, volevo studiarmela bene. E il modo più semplice era cominciare a scoprire quello che succedeva ogni giorno nelle sue strade, nelle sue case.

Così ho iniziato a scrivere per il giornale *L'Ora*, più presa dalla città che dal mestiere di giornalista. Poi mi sono accorta che accompagnare lo scritto con le fotografie mi rendeva meglio il lavoro fatto. E sono diventata fotografa.

Scrivevo gli articoli e fotografavo le persone che intervistavo. E ho finito per innamorarmi più della fotografia che della scrittura. Un immenso amore che ha preso tutta la mia vita. Nato un po' per gioco e un po' per necessità. E un po' per caso. Come il principio di tutte le grandi storie.

Per il giornale *L'Ora* mi occupavo di cronaca di tutti i tipi, dall'elezione della miss allo sport. Fotografavo le partite di calcio ed era abbastanza strano vedere una donna ai bordi del campo.

E poi ho fatto la cronista negli anni più terribili di Palermo, gli anni più duri, quando ancora nessuno credeva che la mafia potesse osare tanto: uccidere un questore, un magistrato, un bambino, uccidere giornalisti. Prima era toccato al giudice Scaglione, un omicidio eccellente. Nel 1974 appena tornata da Milano dove vivevo, a Palermo si è scatenata una guerra terribile di mafia cominciata con l'omicidio del colonnello Russo e poi il segretario della DC Michele Reina e poi Boris Giuliano.

Non me l'aspettavo, non me l'aspettavo di vedere tanto sangue. Io ero fiera di fare la fotoreporter. Sentivo che era un lavoro avventuroso, pieno di emozioni, di colpi di scena, d'incontri. Un lavoro irrequieto per irrequieti come me.

Ma quello che stava accadendo era troppo, era veramente insopportabile umanamente. Certe volte correvo da una città all'altra a fotografare gente ammazzata. Anche fotografare un processo era per me molto duro.

C'era da fermare in immagine un uomo in manette o dietro le sbarre e questo mi faceva paura, era il frutto in ogni caso di una società malata, sbagliata.

Ero fuori di testa, impazzita dalla rabbia a vedere Boris Giuliano, un poliziotto bravo – finalmente a Palermo avevamo un poliziotto bravo – in una pozza di sangue. E non lo abbiamo fotografato, non ce lo hanno fatto fotografare. E fu un bene. Vederlo lì nell'angolino, vicino alla cassa del bar Lux, per terra, era una pena troppo grande.

Ero sbigottita, ero veramente arrabbiata.

Quando ammazzarono il giudice Chinnici non sono uscita di casa. Erano le otto del mattino, chiamò il giornale L'Ora e il direttore mi disse di correre subito perché era successo qualcosa di grave. E aggiunse: «Ci sono cinque persone ammazzate».

Ed io dissi no, non ci vado a fotografare questi morti, non lo voglio fare, non lo potevo fare, non lo volevo fare. Erano la mia coscienza e il mio stomaco a rifiutarsi.

Non andai, non vidi Chinnici lì a pezzetti.

Ora io non ho più molto tempo per la fotografia, ma continuo a lavorare nella fotografia, nel senso che mi viene richiesta, la stampo, sto in camera oscura. Quello che io sento che farò presto non sarà più cronaca. Voglio raccontare me stessa attraverso la vita di questa città o anche di altre città. Non è detto che voglia fotografare soltanto Palermo, ma sicuramente voglio trasmettere un'energia positiva, vorrei tirare fuori dalle fotografie la forza. E penso di poterla trovare nelle donne. Sì, questa speranza che è una forza, che è un'energia positiva, io la cercherò tra le donne.

Io sono stregata dalla Sicilia.

La cosa più facile sarebbe stata andarmene. E Dio solo sa quante occasioni ho avuto per abbandonarla. Ma io sento che sono proprio trattenuta. È la terra che mi attira, è il cielo, è il sole, è la possibilità di tornare a essere quello che eravamo un tempo, un popolo colto, un popolo che rispettava la sua terra, le sue pietre.

Mi attira la possibilità di ricostruire, di lavorare con questa gente, la mia gente.

Non riesco a stare lontana da Palermo più di dieci giorni, anche se sono in vacanza. Io vado a New York, o ancora più lontano, e devo ritornare dopo dieci giorni. È il massimo. Non riesco a stare di più lontana.

Vado spesso avanti e indietro per il mondo. Spesso rimango in realtà. Perché anche quando vado fuori, Palermo mi rimane dentro.

Io non riesco a utilizzare macchine molto complicate, non le amo. Le fotografie mi vengono bene anche se conosco pochissime cose tecniche e uso sempre un piccolo grandangolo. Non uso teleobiettivi, non li voglio.

Ho un rapporto molto semplice con la macchina che è diventata quasi come una mano. Non voglio molte cose elettroniche. Se ho una macchina che mette a fuoco automaticamente, la fotografia mi viene sfocata. Mi viene meglio quando la faccio io. Più che con la tecnica io fotografo con la testa e col cuore.

Poi bisogna essere veloci, bisogna partecipare. Io non credo che bisogna essere distaccati, io entro molto dentro le cose. Per esempio mi ricordo che quando Franco Zecchin e io andavamo a fare la stessa fotografia, a me veniva una cosa tragica, a lui una cosa ironica. Ed era la stessa situazione.

Una volta andammo a fotografare una donna alcolizzata. Lui ha tirato fuori il momento in cui c'era una cosa buffa intorno a questa donna, dei bambini che giocano, e io invece ho fatto una fotografia in cui lei ha una lacrima.

Fotografo la tragedia anche se non amo le tragedie.

Io sono una che ama la vita e vorrei che la vita fosse felicità per tutti.

Mi arrabbio molto quando vedo certe felicità costruite sulle infelicità degli altri. Nelle mie fotografie racconto con ironia e disprezzo le prime, con tensione e inquietudine le seconde.

Alla fotografia devo le più grosse soddisfazioni della mia vita. Ho vinto a New York il premio più importante del mondo, l'Eugenie Smith. È una pietra miliare perché rimango nella storia della fotografia. E poi perché questo premio mi è stato dato proprio per il mio lavoro in Sicilia. È un riconoscimento dopo anni e anni di fatica, quando non c'era nessuna gratificazione, solo dolori e rimproveri. Sputi in faccia dalla polizia, dai parenti delle vittime, dai magistrati, da tutti.

C'è stato un tempo in cui i fotografi a Palermo erano considerati personaggi da evitare: delinquenti per i poliziotti e poliziotti per i delinquenti. L'Eugene Smith mi ha restituito dignità. E nello stesso tempo attraverso l'affermazione della mia professionalità ha premiato un'intera categoria riabilitandola agli occhi di tutti. Poi ci sono altre soddisfazioni più piccole ma non per questo meno importanti. Quando torno a casa, sviluppo i negativi e sento che forse ho realizzato un sogno, che c'era uno sguardo, qualcosa in mezzo a una confusione che sono riuscita a captare. E ho sentito che c'era sintonia con quella persona, che può essere una bimba, una vecchina. Sviluppo, faccio il provino, stampo e trovo che ho fatto una buona foto. Sento che ho aggiunto un'altra pietrina, che questa cosa rimane per raccontare un'epoca.

Poi un giorno ho deciso di entrare in politica. Sono stata consigliere comunale a Palermo e deputato regionale. Ero convinta che la fotografia da sola non bastasse a denunciare il degrado di questa città.

Bisognava aggiungere delle cose più forti per fare capire alla gente dove si stava andando.

È stata però un'esperienza triste, dolorosa, la politica non mi piace. Non sto a mio agio, non mi sento felice dentro la politica.

È fatta, secondo me, in un modo antico, c'è troppo odio, troppo rancore, troppa gelosia. Non mi piace questo mondo della politica che, poi, in realtà è lo specchio della società in cui viviamo. Gli sciacalli e i voltagabbana tirano i fili di un sistema fatto per loro. Non c'è spazio per gli idealisti, per i puri.

Io comprendo pure la mafia, la capisco. Ma sono molto più arrabbiata con i politici di questa terra che hanno permesso che gente che poteva essere normale diventasse mafiosa, soldati della mafia. Perché loro sono stati spinti dalla politica a diventare mafiosi.

Quando un potere è corrotto, giochi con il potere e capisci che per ottenere le cose devi essere corrotto.

Io ho pena per la gente della mafia, penso che siano prigionieri di regole, prigionieri di miti falsi, di dei pagani che sono i soldi naturalmente, ma sono anche certe regole all'interno della società.

E la politica ha legittimato questi princìpi facendoli propri.

Prima i mafiosi appoggiavano i politici per gestire gli appalti pubblici, per avere protezioni. Poi i mafiosi non si sono più fidati e loro stessi sono diventati politici.

In mezzo a tutta questa confusione è difficile distinguere giustizia e verità.

Il potere è un pensiero maschile dove sono cadute anche le donne. Credevo che le donne non potessero essere dentro la mafia. Invece oggi capisco che ci sono dentro fino al collo. Il loro ruolo è di stare zitte.

Alcune adesso parlano, collaborano con la giustizia. Ma lo fanno sempre per vendicare un figlio, un amante o un marito. Non sono capaci di uccidere e si vendicano in questo modo, accusando. E se non impugnano la rivoltella non è per mancanza di coraggio, sono le regole che dicono che a sparare devono essere gli uomini.

Ogni volta che passo davanti al carcere dell' Ucciardone, ho un senso di pena profonda, perché penso che lì dentro ci sono assassini, criminali, trafficanti di droga, tutto.

E penso che se uno di questi uomini avesse incontrato il lavoro, la giustizia, sicuramente qualcosa di diverso sarebbe avvenuto nella sua vita. Molti sono entrati dentro la mafia perché non avevano altri sbocchi. Bambini che non hanno trovato giochi diversi dalla pistola, dal ricatto, dalla droga. Dal silenzio.

Io sono attratta dai silenzi che urlano, dai clamori muti, dalle quieti che si aprono improvvise in mezzo alle ribellioni. È un silenzio che grida in silenzio. Vorrei invece cercare la pace che è una cosa diversa dal silenzio. Non una pace di rassegnazione ma una pace conquistata.

La Sicilia sconvolge e fa arrabbiare.

In silenzio.

Ma mai in pace.

Caterina Milana

Sono nata a San Vito Lo Capo nel 1927.

Noi siamo tre sorelle. Io sono la più grande.

Mio nonno aveva sposato una delle orfane del convento San Rocco di Erice. Lui era un ricco proprietario terriero e si era innamorato di questa ragazzina con la faccia di porcellana, una sera che l'aveva vista dietro una processione.

Ogni sera mia nonna preparava la cena per suo marito e per i poveri del paese. Si faceva il giro delle chiese con le sporte piene di cose da mangiare. Poi è rimasta paralizzata e non è più uscita. Si è attaccata al bracciolo della sedia un sacchetto di stoffa e ha fatto come le donne che spargono il frumento alle galline. I poveri venivano a trovarla a casa e lei tirava fuori dalla borsa ogni ben di Dio, monetine, pani, biscotti. E a me pareva una magia, di quelle che fanno certi prestigiatori che dal cilindro fanno apparire conigli e colombi.

Dopo cena ci riunivamo attorno a lei. Ognuno raccontava quello che gli era successo durante il giorno, poi tutti insieme dicevamo il rosario. Noi bambini cominciavamo a recitare le prime poste, ma poi finivamo ogni volta per addormentarci. Una mano ci scuoteva per esortarci a partecipare all'ultima avemaria.

La notte mi svegliavo e sentivo dentro una forza che mi spingeva a pregare. Passavo ore ad adorare il

Signore. Ero molto devota a Maria e un giorno mentre osservavo il suo volto mi è sembrato di vederla sorridere. La mattina andavo sulla spiaggia deserta e mi mettevo in ginocchio di fronte al sole. La sabbia diventava una enorme lavagna, prendevo una frase del Vangelo che mi era piaciuta di più e con l'indice della mano ce la scrivevo sopra.

Mio padre era stato in America per mettere insieme i soldi per sposare mia madre. Loro due si erano conosciuti da piccoli e si erano fidanzati in parola. Quando è tornato, ha comprato il terreno e si è costruito la casa.

Ci siamo trasferiti a Trapani subito dopo la guerra. Io avevo lasciato la scuola, non volevo studiare, mi piaceva ricamare, mi appassionava il lavoro. Avevo in testa soltanto Gesù.

Una volta mi sono innamorata di un ragazzo. Con lui sognavo di farmi una bella famiglia. Era solo un pensiero però. Occasioni ne ho avute, ma questa idea si vede che non è stata mai così forte. Il mio destino era un altro e aveva a che fare con Dio. L'Istituto francese delle suore dell'adorazione aveva un convento a Roma che era l'approdo perfetto per la mia vocazione. Io e mia sorella ci siamo andate con la scusa di una gita. Lei si era laureata in lettere, e quel viaggio era il suo premio. Appena arrivate ho scritto subito una lettera a mia madre in cui le raccontavo la verità. Avevamo deciso di scappare con Gesù. Non saremmo più tornate a casa. Mia sorella è rimasta in istituto e non è più uscita. Io ho proseguito per la Francia per il noviziato. Mi sono ammalata dopo qualche mese. La superiora mi ha mandato a casa in convalescenza, ma poi sono tornata di nuovo. E questo è successo almeno quattro volte in tre anni. Si vede che non era la volontà di Dio. Ogni volta che dovevo prendere i voti succedeva qualcosa, un impedimento, un imprevisto. Così sono tornata a Trapani e mi sono consacrata nelle volontarie di Don Bosco. Ho ripreso a studiare e sono diventata maestra. L'anno successivo ho cominciato a insegnare. Sono rimasta fra i bambini per venticinque anni.

L'idea della casa di accoglienza è partita dal basso, dalle necessità che mi mostrava la scuola. Sentivo che c'era tanto da fare per aiutare le ragazze in difficoltà.

La prima è stata una giovane insegnante che era precipitata nel fosso della depressione. Non voleva più vivere, era completamente chiusa nel suo dolore. L'ho portata dai medici, le ho dato l'affetto di cui aveva bisogno e alla fine ce l'ha fatta.

Nel 1987 ho venduto alcuni terreni e ho comprato una casa alle falde di Erice. L' ho chiamata Santa Maria del Cammino. Quando sono stata costretta a scegliere la tipologia di assistenza, non ho avuto dubbi e ho optato per le ragazze madri. Era un periodo difficile, le famiglie negli anni Ottanta si rifiutavano di affrontare questi problemi.

Ci sono storie che sono rughe profonde nel mio cuore.

Vincenza dormiva alla stazione di Calatafimi. Viveva sopra una panchina, sola e trasandata. Aveva i capelli lunghi ed era sporca. Continuava a ripetermi che quella stazione era sua e altre frasi senza senso. L'ho conquistata con un abbraccio e poi è venuta con me. Le ho cucito un vestitino viola che ancora me lo ricordo. Dopo quattro anni è andata via che era un'altra persona, guarita nel corpo e nel cuore.

Francesca è rimasta con me otto anni. Suo fratello l'aveva violentata e lei era stata costretta ad abortire. Nei suoi occhi c'era un mare tempestoso di sofferenza. Aveva ventisette anni, era analfabeta. Nella casa di accoglienza ha imparato a leggere e scrivere. Mi voleva tanto bene. Sono riuscita pure a farle avere una pensione di invalidità. Appena lo hanno saputo le sue sorelle, si sono ricordate di lei e l'hanno reclamata come un pacco postale. Ora vive con loro e chiede l'elemosina. Ogni volta che la vedo davanti la chiesa mi piange il cuore.

Sono riuscita a fare sposare molte ragazze, con tanto di corredo e vestito bianco. La casa era sempre piena di bambini, una vera gioia. L'emozione della carità univa tutti, volontari, associazioni, sacerdoti. La missione era condivisa da tante persone che gareggiavano in disponibilità. Io ci mettevo la pensione di maestra, al resto pensava la provvidenza. Gli amici mi portavano l'olio, il pane, la pasta, le verdure. Vendevamo i prodotti dei nostri laboratori, dolci e pasta, nelle parrocchie della provincia. La famiglia cresceva, e c'erano esigenze sempre maggiori.

Qualcuna è passata e poi è tornata sulla strada. Alcune scappavano. Io facevo tutto il possibile per farle restare, ma c'era chi non voleva vivere con noi, si rifiutava di accettare le regole della comunità.

Avevo una proprietà a Trapani, in via Leoncavallo, e ho pensato di costruirci sopra un palazzo di tre piani. Con l'aiuto di tutti, in un paio di anni abbiamo tirato su un vero centro di accoglienza: stanzette singole e doppie, refettorio, infermeria, laboratori. Ho venduto appartamenti e terre per realizzare questo sogno. Tanti mi hanno dato una mano, la Curia, le associazioni di volontariato. Per fare le cose in regola ho dovuto assumere assistenti sociali, educatrici, impiegate.

All'inizio andava tutto bene. Poi è arrivata una ragazza che ha messo sottosopra l'armonia che ero riuscita a creare. Lo avevo capito subito che non era come le altre. Si portava dentro una rabbia indescrivibile. Rabbia allo stato puro, senza altre declinazioni. Raccontava a tutti che io le sfruttavo, che guadagnavo sulle loro sofferenze. Il male ormai aveva messo radici. Al Tribunale dei minori arrivavano lettere calunniose contro di me. Mi accusavano di non distribuire acqua a sufficienza e di trafficare con i prodotti alimentari scaduti. Io che mi ero tolta il pane dalla bocca per loro. Io che avevo venduto le mie fortune per vederle sorridere di nuovo. Non avevo più voglia di andare avanti, soltanto la preghiera mi restituiva sollievo. La mia casa sarebbe stata più sicura nelle mani dei religiosi. Loro sì che avrebbero saputo schiacciare quel serpente demoniaco che si era attorcigliato al collo del mio sogno di bambina. Ho accettato l'offerta di collaborazione dei religiosi della Tenda di Cristo di Acireale che già avevano case di accoglienza come la mia in altre parti della Sicilia.

«Cercheremo di eguagliare il tuo amore. Ma tu devi venire con noi dall'altra parte del mondo».

Nel deserto di Juares, quasi al confine con gli Stati Uniti, stava nascendo una speranza, una comunità per i bambini ammalati di Aids. Prima di partire però c'era una cosa che dovevo fare. Ho riunito i soci di Santa Maria del Cammino e ho presentato le dimissioni. Mi sarei aspettata che qualcuno alzasse la mano per dire "Vai tranquilla Caterina, ora tocca a noi prenderci cura delle ragazze". E invece silenzio. Sono rimasta sconvolta, un colpo al cuore. Nessuno mostrava interesse per le sorti del nostro progetto d'amore.

Tante volte mi sono chiesta perché il Signore ha permesso al male di prevalere. Dopo ci ho visto la volontà di Dio, era scritto che c'era bisogno di me da un'altra parte.

In Messico mancava tutto e la fame dei bimbi era febbre degli occhi e dello stomaco. Ho scritto al vescovo di Trapani, a cui avevo affidato la villetta di San Giovannello, per comunicargli che l'avrei venduta. Il ricavato mi sarebbe servito per fare qualcosa lì. Dopo otto giorni i miei compagni di missione erano partiti quasi tutti. Siamo rimasti io e un'altra donna. Per colpa sua ho ricominciato a soffrire. Ero andata via per dimenticare le sventure trapanesi e ora mi ritrovavo di nuovo all'inferno. Mi trattava come una bambina, dispetti e rimproveri dalla mattina alla sera. Avrei dovuto insegnare alle donne a cucire, a ricamare, ma non c'era la serenità giusta. In Messico dovevo restarci quattro mesi ma in realtà ci sono stata poco più di tre settimane. Questa esperienza mi ha fatto comprendere che c'erano altri doveri che mi aspettavano. È lì che ho deciso di vivere radicalmente il Vangelo.

Il mio prossimo viaggio si chiamava Vettuthura, un villaggio fondato dai rosminiani nel cuore dello stato del Kerala, in India. Don Babu, un sacerdote che avevo conosciuto in parrocchia, mi ha convinta a seguirlo nel suo paese. Sono bastate poche parole: «Caterina, ho bisogno di te».

Ero di nuovo sull'aereo.

Davanti a me avevo le piaghe e le infezioni di quei posti benedetti dal Signore e dimenticati dagli uomini. Non c'erano le case, mancavano le scuole, gli ospedali. Nelle capanne di fango quei disperati dormivano sule pietre, sognavano un giaciglio, una sedia, un tavolo. Una povertà infinita. Vivevano di pesca, tiravano le reti dalla riva con la forza delle braccia. Il mare dell'India ha un colore che non so raccontare, lo stesso colore del cielo. Ho comprato le terre e ho finanziato la costruzione di un piccolo villaggio in muratura. Il vescovo di Trivandrum mi ha aiutata ad allargare il progetto anche agli altri due villaggi vicini, Marinad e Santhipuram. Le famiglie avrebbero collaborato con noi, un gesto simbolico. Non era importante il valore, bastava un anello di latta o una collana di conchiglie. Era fondamentale che loro in quel modo si sentissero padroni di quelle case. Alla fine abbiamo tirato su centotrentaquattro casette in tre villaggi, e siamo riusciti a trasformare un accampamento in una vera città. Ora tutti hanno un bagno, una cucina, una stanza da letto, sedie e tavoli. Ogni appartamento mi è costato duemila euro. Le case hanno cambiato la cultura di queste persone, la qualità della loro vita. I bambini vanno a scuola e anche gli adulti frequentano corsi di alfabetizzazione. Ma io non mi sono fermata. A Santhipuram ho finanziato una scuola professionale dove alcuni volontari insegnano l'uso dei computer. Nei mesi scorsi ho comprato un pulmino che serve a collegare i villaggi alla scuola.

Dopo due anni ho venduto pure l'edificio che aveva ospitato la mia ultima casa di accoglienza a Trapani in via Leoncavallo, e con il ricavato ho pianificato altri interventi.

La Curia mi ha invitato a collaborare a un progetto per il Madagascar dove c'era bisogno di un centro per le ragazze. Sono partita con un gruppo di medici e volontari. Anche qui c'era la provvidenza ad attendermi. Ogni volta che io parto mi sembra che il Signore mi preceda.

A Fianarantsoa c'erano duecentocinquanta orfani che nessuno voleva. La minestra e il pane quotidiano erano miracoli in lista di attesa. Ma i problemi più gravi riguardavano le difficoltà di inserirli dopo l'orfanotrofio nel mondo del lavoro, una sfida spietata per strapparli alla malavita. Abbiamo trovato una bella casa idonea ad accogliere le ragazze e l'ho comprata. L'ho chiamata Santa Maria del Cammino, come quella che ero stata costretta a chiudere alle falde di Erice.

A febbraio del 2005 mi aspettava l'Argentina. La recessione economica aveva messo in ginocchio il paese. Questa volta la richiesta di aiuto giungeva da alcune volontarie di Don Bosco. A Buenos Aires su un terreno di proprietà delle suore di S. Anna è nato il progetto per un villaggio destinato a sostituire le baracche. Ho contribuito alla sua realizzazione per la metà dei costi. Abbiamo messo in piedi in meno di due anni trenta piccoli appartamenti, la cittadella è stata inaugurata nel 2007.

Dall'Argentina sono passata al Brasile.

Padre Giancarlo Pacchin è un missionario che per decenni si è speso per il Sud America. Sapeva che io avevo già dato una mano ad altre famiglie in India e Madagascar, e ora mi chiedeva aiuto. Sono andata a trovarlo a San Paolo. Mi ha portato in cima alle favelas Dolores di Jandira, un mucchio di baracche di lamiera e in mezzo un fiumiciattolo dove scorreva una fogna. Quando pioveva, la melma entrava nelle baracche. Il sacerdote con le offerte raccolte in chiesa aveva cominciato la bonifica, ma mancavano i soldi per completarla. In meno di sei mesi ho costruito le case, una scuola, le strade. Ora è un vero borgo.

La piazzetta principale l'hanno intitolata a me, plaza Caterina Milana, un grande regalo.

Poi sono stata in un'altra favela, alle falde di una collina vicino alla ferrovia. Dovevano sgombrare la baraccopoli per fare posto ai binari. In alto c'era un edificio in abbandono da trenta anni. Volevo comprarlo per darlo ai poveri. Non ci sono riuscita. Le famiglie lo hanno occupato, e io ho mandato un contributo per sistemarlo. Ora siamo alla ricerca di un terreno libero per costruire altre case.

Grazie a Dio nella mia vita ho visto cose straordinarie e ho toccato con le mani la possibilità di cambiare la vita della gente con un poco di altruismo. A ottantadue anni ho nel petto la passione e l'energia di una ragazzina. Mi rammarico che queste esperienze siano giunte tardi. Avrei potuto fare di più con quaranta anni di meno.

La mia vita è stata un dono. Sono riuscita a darmi agli altri. Il lavoro dei miei genitori, i loro sacrifici credo di averli ben riposti. Le loro terre sono servite a realizzare i miei sogni. Ho sposato la mia fede e non l'ho tradita. Il ritorno non è la riconoscenza, mi ripaga la grazia di Dio. Mi sono abbandonata completamente alla sua volontà.

Mi fa paura la povertà dei valori, a quella materiale c'è rimedio. In occidente abbiamo tutto e siamo disperati. In India condividono il niente con gli altri e sono contenti.

Oggi io non ho più nulla, vivo a casa di mia sorella e mi basta quel poco che ho.

Seguo con attenzione le mie donazioni in giro per il mondo.

E sorrido ogni volta che penso a tutto quello che questa vecchietta ha combinato negli ultimi cinque anni.

Io, una maestrina di San Vito Lo Capo.

Marilù Terrasi

Mio nonno era il marchese Filadelfio Artale.

A Torino, dove studiava ingegneria, ha conosciuto mia nonna. L'ha sposata di nascosto ai suoi genitori, perché lei non aveva titoli da esibire e loro ci tenevano al sangue blu.

Il marchese non aveva una grande considerazione del denaro. Con gli affari non ci sapeva fare per niente. L'unica sua passione era la caccia al cinghiale. Preferiva mantenersi piuttosto con i prestiti degli usurai, che alla fine gli espropriarono tutto. Compreso il palazzo nobiliare nel cuore di Palermo. La classica parabola decadente dell'aristocrazia siciliana al tramonto. Ha vissuto con mia nonna gli ultimi anni della sua vita a casa di parenti.

Per mio padre la storia di mio nonno era un ricordo da rimuovere, nessuno doveva parlarne; temeva che noi potessimo involontariamente imitarlo. Lui non aveva grandi simpatie per principi e baroni. Apparteneva a una famiglia di industriali del sommacco e delle ceramiche.

Io non sono stata una figlia facile. Noi eravamo tre, mio fratello era il figlio maschio riverito da tutti, mia sorella equilibrata e grandi numeri in pagella, e poi io la più piccola e anche la più vivace.

Ho fatto tutte le scuole al Sacro Cuore, un istituto religioso frequentato dalla migliore borghesia palermitana. Un collegio dove mia madre aveva avuto parenti nobili, cugine che erano state monache e badesse. A casa ci accudivano camerieri, badanti e cuochi. Sono cresciuta in mezzo agli agi, ma con gli occhi chiusi su tutto quello che avveniva fuori.

La mattina presto andavo in istituto, tornavo a casa alle cinque. La giornata cominciava con la messa, poi le lezioni, nel pomeriggio le novene, le orazioni, le benedizioni. Disciplina, rigore, studio, rispetto della forma. Una adolescenza piena di affetti, ma noiosa da morire.

All'università ho scelto lettere moderne. Un passaggio terribile. Io venivo dalle regole del collegio, adesso avevo di fronte il caos. Assemblee, pacche sulle spalle, lezioni rinviate. Era tutto il contrario di come avevo vissuto. Questo disorientamento l'ho elaborato male. In principio ho dato due esami, poi ho avuto una storia con un ragazzo e ho cominciato a perdere interesse. Per i miei genitori solo un fidanzamento vero poteva giustificare una distrazione del genere: «Se non è una cosa seria, è meglio cambiare università e pure città». Io ne parlai con questo mio fidanzato, e i suoi genitori finirono per incontrarsi con quelli miei e mio padre disse che poteva andare bene, ma prima ci dovevamo laureare. Doveva essere una cosa informale e invece il giorno dopo arrivarono a casa mazzi di fiori e telegrammi di felicitazione. Mi ero ritrovata fidanzata ufficiale senza volerlo. Alla fine però mi stava pure bene; all'università non ero riuscita a inserirmi, e questa poteva essere una buona soluzione per la mia vita, un salvagente.

Ho lasciato l'università e mi sono dedicata ai preparativi del matrimonio. Chiesa della Martorana, ricevimento a Villa Igea. E io che avevo venti anni. Una bella casa, la cameriera, un buon partito, il circolo, la vela, il bridge. La mia vita poteva finire qui e non ci sarebbe stato più niente da raccontare. E invece non ho resistito alla noia mortale che mi circondava. Una insopportabile vita passiva.

Il Sessantotto era già nell'aria, e io sentivo in televisione tutti i discorsi sulla contestazione, l'emancipazione della donna, la classe operaia. E non sapevo nulla, ero una sprovveduta, fuori contesto.

Mi sono iscritta di nuovo all'università, questa volta in filosofia. Era tutta un'altra cosa. Sono cominciate le occupazioni e io ci partecipavo, è stato un periodo meraviglioso. Ho respirato a pieni polmoni la libertà, ho preso consapevolezza del mondo.

Ora avevo amicizie che non appartenevano al mio ambiente.

Mio marito ha avuto il grande merito di lasciarmi fare quello che volevo, anche se questa cosa non mi è piaciuta tanto, mi è sembrata una forma di indifferenza. L'università l'ho fatta di corsa, in tre anni mi sono laureata. E pochi mesi dopo facevo l'assistente all'Istituto di tradizioni popolari con Antonino Buttitta e Elsa Guggino.

Il teatro si è infilato nella mia vita attraverso la ricerca musicale. Prima il Folkstudio, nato all'interno di un progetto dell'università, poi il Gruppo Cinque, un incontro che ha cambiato ancora una volta il mio destino. Avanguardia, sperimentazione, un modo nuovo per arrivare al pubblico. Ho abbandonato l'università e ho seguito i miei compagni. Erano tempi in cui contavano molto le parole, trascrivevamo i dibattiti, li analizzavamo. Ma c'era anche il lavoro manuale. Gli spettacoli erano scritti da noi, prendevamo spunti dall'attualità, mettevamo in scena i grandi temi della società, i testi di Danilo Dolci, Fortunato Pasqualino. Immagini, musiche, pantomime. E molto teatro per ragazzi.

Intanto il matrimonio era finito. Non potevo continuare a fingere di essere una persona che non c'era più. Ho lasciato mio marito e la casa. Vivevo ormai con questo gruppo in una specie di piccola comune. All'inizio abitavamo tutti assieme. Poi abbiamo preso una sede a Palazzo Scalia a Partinico dove abbiamo inaugurato il teatro. Ci siamo trasferiti a Palermo e siamo diventati una cooperativa.

Mi ricordo Peppino Impastato che veniva a trovarci tutte le sere in una casa che avevamo nelle campagne fuori Cinisi. Era un ragazzo bello e taciturno. Dopo lo spettacolo c'erano interminabili discussioni, qualche volta preparavamo la brace e cucinavamo. Io facevo di tutto, tecnico delle luci, scenografa, sceneggiatrice, amministratrice, cuoca, attrice, cantante.

Makari l'ho scoperta nel 1977. Ero in campeggio con il mio compagno Miguel e sono andata a riempire l'acqua alla fontana, in questo straordinario eden alle porte di San Vito Lo Capo. Sono rimasta folgorata, e in pochi giorni abbiamo comprato una casa. Fra i nostri amici la voce si è sparsa subito e ogni sera avevamo gente a cena, tavolate che non finivano mai.

L'anno dopo ci siamo inventati un club di golosi, il Pocho, menù fisso e una tessera per sedersi a tavola. La prima volta per venticinque giorni, l'anno dopo per due mesi. Miguel faceva gli arrosti, io i primi e i pesci. D'inverno continuavamo a fare le tournée per l'Europa. Poi l'esperienza del teatro cominciò a esaurirsi. Non era più il tempo nostro.

Nel 1992 è nato questo ristorante a Isolidda. Sul bordo di un precipizio, col mare attorno e la terra che frena l'orizzonte fino a farlo apparire improbabile, inadeguato a tutta questa meraviglia. Sentivo l'esigenza di fare rivivere questo luogo incantato della Sicilia, la terra che reclamava il mio impegno, la fine del viaggio. Che si coniuga con cose semplici: l'attesa degli ospiti, le verdure dell'orto, il vino, i dolci fatti in casa, i pesci appena pescati, le ricette della nonna.

Qui ora tutto parla di me, i mobili antichi di mia madre, i cartelloni teatrali, alcuni pezzi delle scenografie, i burattini. Ogni capitolo della mia vita ha trovato fra queste mura la sua sintesi. Come se questo senso di urgente appartenenza si fosse ripiegato a fazzoletto per mostrarmi i suoi prodigi dentro le mie vene.

Io quando mi sono sposata non sapevo fare niente in cucina. Ma avevo la cultura di come si mangiava nei palazzi della mia famiglia. Gli uomini facevano la spesa, le donne cucinavano e stabilivano il menù. Questi ricordi ritornano con il teatro, con la ricerca delle tradizioni popolari fra i paesi. Un sapere che mi ha arricchito, mi ha dato coraggio e serenità.

Cucinare mi rilassa, mi impegna, è una cosa creativa. C'è molta relazione fra il palcoscenico, la terra e la gastronomia, l'impegno è lo stesso, la comunicazione pure.

Il cuscus col tempo è diventato una fondamentale moneta di scambio: una ricetta nuova in cambio della mia.

Una vera conquista.

L'ho imparato guardandolo fare alle donne di San Vito Lo Capo. La gestualità che accompagna questo rito è uno spettacolo unico e avvincente. La mano e l'avambraccio, nella fase dell'incocciata e in quella successiva in cui la semola viene condita e sistemata nella cuscusera, diventano veri e propri strumenti di lavoro. Come il mattarello per tirare la sfoglia della pasta. La capacità di guidare mano e avambraccio in questa delicatissima fase della lavorazione indicano forza, autorevolezza e delicatezza. I singoli elementi a poco a poco si amalgamano, escono dalla propria individualità per conquistare una dimensione unitaria, crescono in uno sforzo di creatività, fantasia e abilità secondo un meccanismo che solo apparentemente produce un risultato sempre uguale.

Il cuscus è ogni volta diverso, mai identico a se stesso. Accedere ai segreti di questa iniziazione mi è costato una fatica enorme. Mi ripaga oggi l'orgoglio di appartenere a un universo esclusivo impastato di sudore, semola e pesce.

In inverno lo porto con me nelle rassegne e nelle manifestazioni enogastronomiche in giro per il mondo. È una maniera di attraversare la terra. È una mia ricchezza, un piatto zen. Monto il laboratorio, faccio vedere come si fa, e alla fine propongo le mie canzoni siciliane. Riesco a dare una immagine della Sicilia buona, la gente che lavora, ama le tradizione e guarda avanti. È il simbolo della mia storia, racchiude il teatro, la libertà, la famiglia, e soprattutto l'indipendenza.

Ma anche la voglia di guardare alle novità senza paura di perdere l' identità.

ACQUA

Maria Guccione

A Favignana sono stata la prima ragazza che si è iscritta alla scuola media. La prima che è andata a studiare a Trapani. La prima che ha preso la patente. La prima che si è laureata.

Per l'isola sono stata una minaccia, una preoccupazione continua. Quando frequentavo la scuola guida, tutti gridavano allo scandalo perché salivo in macchina da sola con l'istruttore.

Ero l'argomento preferito dai maschi del paese. Si sedevano attorno ai tavolini dell'unico bar della piazza e passavano ore a parlare della mia spregiudicatezza. Ogni tanto qualcuno, quando mi vedeva passare, alzava la voce per farmi sentire: «Dovrebbero vietare di dare la patente ad una donna. Non c'è più mondo».

Quando ho indossato la minigonna per poco non hanno chiamato i carabinieri. La mia minigonna, appena sopra il ginocchio, era una vergogna nazionale. E io, con una normalità che solo qui veniva chiamata spregiudicatezza, non finivo mai di stupire. Anzi, lo facevo proprio apposta. Fumavo, mi sedevo al bar, prendevo da sola il traghetto per Trapani.

Uno scandalo continuo.

La guerra già mi aveva fatto capire, piccolissima, cosa significava vivere su un'isola. Era il 1943. Gli americani bombardavano Favignana. Io ero sola a casa. Mi sono svegliata col cuore in gola. Pensavo a un temporale. Mi sono affacciata in pigiama sull'uscio della porta e ho visto in cielo queste enormi bestie di metallo sganciare bombe a grappoli, ovunque. Mi sono messa a correre verso il mare, come se il mare potesse offrirmi riparo.

Quando ho visto che i funghi d'acqua si alzavano da ogni parte della costa, ho capito di vivere su un'isola. Ho capito che la terra da qui è più lontana di quanto possa sembrare.

Devo avere preso questo mio spirito battagliero da mio padre. Per lui, antifascista, Favignana era il confino. Poi c'è rimasto perché ha sposato mia madre, un'isolana molto attaccata al suo scoglio. E così è rimasto sull'isola intrappolato dall'amore. Nel1948 è stato il primo ad aprire un'attività turistica, un piccolo albergo. E lo hanno preso tutti per matto. Fino ad allora a Favignana non si era mai visto un turista; uno che partiva con l'idea di aprire una pensione per ospitare gli impiegati, gli insegnanti, i rappresentanti di passaggio, i turisti, tanto normale non doveva essere.

Era insomma uno strano, un eccentrico.

Non sempre siamo andati d'accordo. Lui contestava a volte il mio eccesso di coraggio. Quando ha capito che da queste parti non si lavora con le mezze misure, si è ricreduto. Ed è passato dalla mia parte.

Favignana era un'altra isola. Un'isola dove l'economia non era di tipo marinaro, perché fino al 1960 per arrivare a Trapani e tornare ci volevano cinque ore. Con questi tempi era impossibile commercializzare il pesce. Il piroscafo veniva una volta la settimana, perciò l'isola è dovuta diventare autonoma dalla terraferma. Per necessità. Produceva di tutto, cotone, avena, frumento, orzo, mais, ortaggi. Aveva un mulino e un pastificio. Era indipendente dal resto del territorio siciliano.

Erano diversi anche gli isolani, più autarchici, orgogliosi.

Isolani che avevano dei princìpi morali molto forti.

Negli anni Cinquanta andavo a comprare il pesce e c'era il pescatore che mi diceva: «Non si preoccupi, domani le do un chilo di triglie a mille lire». E l'indomani era veramente un chilo di triglie a mille lire anche se aveva pescato solo quello. Nessuno veniva mai meno alla parola data. Ora invece bisogna stare attenti perché i pescatori per una manciata di monete in più danno il pesce al primo turista che passa.

Era un'isola dai contorni ben definiti con una sua identità culturale precisa, molto forte, che ancora oggi varrebbe la pena riscoprire.

La donna viveva in un clima di grande emarginazione. Prima veniva l'uomo, il maschio. Spettava a lui il compito di stabilire se dopo il lavoro c'era il circolo, la bottiglia, la figlia, la moglie.

Le donne erano casalinghe. Nessuna studiava. Lavoravano solo le operaie dello stabilimento ittico. Era un lavoro però che non dava indipendenza. Agli uomini di casa versavano tutto il salario.

Con la morte di mio padre la mia vita è cambiata. Mi sono trovata di fronte a delle scelte. Alcune anche difficili. Da mio padre ho ereditato oltre all'albergo anche un bel gruzzolo di debiti. E ogni giorno veniva qualcuno a chiedermi se volevo vendere l'attività. E la prima cosa che mi dicevano era: «È meglio che vendi. Non è roba di donne gestire un albergo frequentato solo da uomini». E nel 1965 quando è morto mio padre qui il turismo era soltanto un'idea.

Dopo l'università avevo deciso di lasciare l'isola. La mia aspirazione era quella di uscire fuori al più presto. Volevo fare nuove esperienze, vedere altre cose. Io insegnavo da poco e la sua scomparsa mi imponeva di decidere in fretta.

La scuola mi avrebbe dato tante occasioni di conoscenza, l'albergo mi lanciava in una sfida tutta da verificare. Tra una scuola soffocante e sclerotica e un'attività che mi dava autonomia, ho scelto la libertà, il rischio.

Ho strappato la laurea e sono rimasta a Favignana.

Decidere di rimanere all'inizio comportava delle privazioni. Fino al 1977 ho lavorato con licenza annuale, per non perderla ho dovuto tenere l'albergo e il ristorante aperti tutto l'anno. Così ho dovuto rinunciare a frequentare corsi, convegni, viaggi, persone. Poi quando ho ottenuto la licenza a tempo indeterminato ho organizzato meglio il mio lavoro e ho trovato il tempo anche per me stessa.

Vivere su un'isola di un'altra isola significa vivere in mezzo alle difficoltà. È un continuo remare controcorrente. Se uno resta sempre sull'isola non ci fa caso, è come vivere sulla terraferma. Ma se si gira il mondo, se si vedono le cose come funzionano negli altri posti, il rapporto cambia.

Il mare non è soltanto distacco, è anche una grande strada che può portarti altrove. E non esistono più i confini. Si abbattono pure quelli mentali. Il guaio è che gli isolani le coste ce le hanno in testa. Vivono come se loro stessi fossero isole. Tutta la vita a difendersi dalle mareggiate e dagli invasori.

E così se sei meno isola degli altri finisci per essere capito da dieci persone. E le altre mille ti guardano come un marziano. E questa diffidenza mi ha dato la libertà di fare, senza i rischi del compromesso.

In cucina per esempio non ho avuto esitazioni a vivere i sapori come volevo io. Non è una questione di palato, è un amore che si nutre di emozioni, di esperienze sensuali.

Mia sorella Giovanna crea i piatti, io li propongo a tavola. Siamo una coppia perfetta: lei in cucina e io in sala ad arricchire di cultura le sue trovate, un continuo aggiornamento della tradizione gastronomica favignanese. Qualche anno fa abbiamo tirato fuori le frittelle di attinie. Questi celenterati vivono sugli scogli e negli anni Quaranta dal mare ne affioravano a migliaia.

Durante la guerra quando gli uomini erano al fronte, era difficile riuscire a mangiare un giorno dietro l'altro. Le donne andavano sulla spiaggia, raccoglievano le attinie, le facevano sbollentare e le friggevano con la pastella. Era una necessità. Ma erano buonissime. Poi col benessere sono state dimenticate, come tanti altri piatti poveri. Abbiamo riproposto le attinie perché ricordano la nostra povertà, le radici di quest'isola, di quando eravamo un popolo che raccoglieva le verdure nei campi, i frutti di mare sulla spiaggia e sugli scogli. Radici forti, un rapporto con l'isola di sopravvivenza. Riscopriamo i sapori e i profumi dimenticati: i capperi, il timo, la maggiorana, la salvia, il rosmarino. Questi sono i profumi dell'aria. Quelli che si respirano anche a stomaco vuoto.

In cucina usiamo moltissimo l'alloro e la lemoncella. Li utilizziamo per cucinare il tonno e per preparare liquori digestivi.

All'inizio della mia attività, mi sarebbe piaciuto essere un uomo, mi avrebbe aiutato.

Negli anni Settanta era un problema per una donna presentarsi in un ufficio e chiedere delle cose. C'era sempre qualcuno che mi guardava come per dire: "oh che bel bocconcino". E subito dovevo mettere le mani avanti per fare capire che ero un bel bocconcino vestito da donna ma con le capacità di un uomo. E per farmi avanti dovevo dimostrare di valere dieci volte più di un uomo.

Oggi è diverso.

La televisione porta nelle case di tutti un universo che lavora al femminile. Questo ha cambiato le mentalità di molti anche qui. Ma determinate connotazioni hanno resistito al tempo. La donna favignanese, per esempio, è molto forte. È proprio il fatto di essere emarginata geograficamente che l'ha indurita. È tenace, combattiva, più avvezza di altre a superare gli ostacoli. Abituata a convivere con la solitudine e la rassegnazione, capace di improvvisi cambiamenti. È una donna dura come le pietre. Ed io ho ereditato queste peculiarità.

Se fossi vissuta sulla terraferma non avrei avuto un carattere così deciso. L'isola è come la varicella. Se l'hai presa ti serve a crescere. E non hai più paura di prenderla.

Io ho fatto molte cose per migliorarla.

Ho combattuto da maschio perché l'isola non fosse violentata dalle piattaforme petrolifere. Ho bloccato la costruzione di un dissalatore a Levanzo che sarebbe servito ad alimentare delle inutili serre idroponiche. Ho lottato contro la cementificazione selvaggia di Favignana, contro la costruzione del nuovo carcere.

Oggi Favignana ha bisogno di progredire, ha bisogno di spazi e di strutture per il turismo. Con un occhio all'ambiente e l'altro al progresso.

Le battaglie di oggi sono contro gli speculatori che vorrebbero invadere l'isola di cemento e contro chi vorrebbe lasciare l'isola nel degrado attuale. Senza toccare niente.

Mi sento una donna realizzata. Tutto quello che ho fatto è stato per scelta. E non rimpiango nulla.

Perché questa è la vita che volevo.

Caterina Ruffino

Quando ho cominciato a fare i primi soldi con il vino, non credevo che un giorno mi sarei ridotta povera, a vivere con una pensione miserabile.

Ero un'industriale, commercializzavo il mio vino in tutta Italia. Avevo la testa sulle spalle, lavoravo venti ore al giorno. La mia fortuna doveva servire a garantirmi una buona vecchiaia.

E invece per colpa di un cognome ora sono rovinata. L'omonimia con i più famosi industriali del Chianti mi ha avvelenato la vita.

Il mio cognome è stato una condanna a morte.

Tribunali e avvocati mi hanno mangiata viva.

Ho dovuto vendere tutto per non finire in prigione.

Colpevole di chiamarmi Ruffino.

Mio padre era un commerciante di vini di Balestrate. La sua ditta era registrata alla Camera di commercio con la denominazione "Francesco Ruffino e figli".

A diciassette anni ho cominciato a lavorare in azienda.

A venticinque mi sono sposata con un commerciante di liquori di Trappeto.

Nel 1951, dopo la scomparsa di mio padre, ho cominciato a commercializzare il vino con il marchio "Ruffino".

Nel 1954 sono rimasta vedova e tutti in paese si aspettavano che vendessi l'azienda. Ma io non volevo fare la casalinga. Non ero abituata a stare a casa. Con un poco di fantasia ho rimaneggiato un'antica ricetta per aromatizzare il Marsala e mi sono messa a venderlo. È stato subito un successo commerciale. In poco tempo le ordinazioni arrivavano da ogni parte d'Italia.

Nel 1959 sono stata invitata a partecipare alla fiera mondiale del commercio di New York, al Coliseum. Il massimo riconoscimento per un'attività imprenditoriale. Sono partita con quattrocento casse di Marsala da dodici bottiglie ciascuna.

Il viaggio sulla motonave Giulio Cesare è durato otto giorni. Mi ricordo il fumo delle ciminiere, i camerieri con la livrea, la confusione al porto di Napoli. I gomiti appoggiati sulla ringhiera del ponte della nave reggevano la faccia, e io pensavo a Balestrate. Il mio paese era già un ricordo lontano. Sentivo che in America avrei fatto fortuna, sentivo che ci sarei rimasta per molto tempo. Il mio progetto era di restare alcuni anni negli Stati Uniti per dirigere le importazioni del mio Marsala.

Ma già all'arrivo le cose si erano messe male. Tutto il carico era stato posto sotto sequestro dalle autorità doganali di New York.

Ero sbarcata in America senza certificato doganale, sprovvista di licenza di importazione e vendita e soprattutto priva dei 1400 dollari necessari a sdoganare il vino.

Il presidente di una società di brocheraggio, la Customs Brokers, mi ha prestato la somma necessaria a sdoganare le casse. Ma i problemi non erano finiti. Ora per pagare il debito dovevo vendere il vino. L'autorizzazione a commercializzarlo era stata respinta dal funzionario dell'ufficio del consolato italiano addetto alle importazioni: «Miss Ruffino, la merce deve tornare indietro, le sue bottiglie sono da un litro. Negli Stati Uniti è consentita la vendita solo delle bottiglie da tre quarti. La sua merce può essere solo esposta. Non può vendere neanche una bottiglia».

Ero delusa. Credevo di potere vendere tutto il mio Marsala negli Stati Uniti e di ritornare a casa con un bel gruzzolo di dollari. Il secondo giorno gli importatori entravano in fiera. Potevo offrire degustazioni, prendere accordi, firmare contratti. Meglio di niente. Attendevo questo momento per riscattarmi. Ma le sorprese non erano ancora finite. Il console italiano era fermo davanti il mio stand. La faccia scura. Non era certo lì per darmi belle notizie. «La Chianti Ruffino l'ha diffidata a usare il nome della sua ditta accusandola di perpetrare sleale concorrenza. Lei non può vendere neppure agli importatori. Il suo viaggio è finito».

Ero decisa a non mollare, volevo ritornare in Sicilia almeno con le mie casse di Marsala. Ma per riaverle dovevo saldare il debito con la "Customs Brokers" e quindi dovevo venderne almeno una parte.

I grandi magazzini Macy's volevano comprare il mio Marsala a tre dollari a bottiglia. E il mio Marsala avrebbe cambiato pure etichetta. Si sarebbe chiamato "Macy's wine". Come un qualsiasi vino americano. La denominazione Marsala sarebbe scomparsa e così pure il mio cognome. Rifiutai l'offerta. Il prodotto andava rispettato.

Si doveva chiamare Marsala.

Il console italiano era stupefatto. Non si aspettava che una donna siciliana fosse così testarda e intraprendente.

Alla fine sono rimasta in America un anno. Avevo giurato a me stessa prima di partire che sarei tornata a casa con i dollari. Non potevo rientrare a Balestrate con una batosta del genere. Ogni giorno andavo all'ufficio del console per cercare una soluzione alla vicenda. Ma nessuno voleva comprare al mio prezzo.

Gli americani pensavano di sfruttare la mia difficile situazione aggiudicandosi la partita di vino con pochi spiccioli. Gli importatori avevano paura della pendenza giudiziaria con la Chianti Ruffino. E per farsi pagare questo rischio mi facevano offerte bassissime.

Dopo avere girato tutti gli uffici del commercio di New York, finalmente ero riuscita ad avere l'autorizzazione a cambiare il nome all'etichetta del vino. La nuova denominazione era "Balestrate R. Caterina". Ora il Marsala si poteva vendere a quanto dicevo io. Le offerte cominciarono a lievitare. Il rischio Ruffino col cambio di etichetta non esisteva più. La ditta Vincent Bonacore & Son di New Haven, Connecticut, fece l'offerta più alta: 12,50 dollari a bottiglia. Andava bene. Saldato il debito con i Brokers, mi erano rimasti anche dei soldi. I giornali americani che avevano seguito le mie vicende, il giorno della mia partenza titolarono: «Concluse le peripezie di una coraggiosa siciliana».

A Balestrate mi attendeva la tragedia.

Per seguire il mio sogno americano ero mancata da casa un anno. Al ritorno trovai la mia azienda chiusa. La Chianti Ruffino aveva ottenuto il ritiro dal commercio in Italia di tutti i miei prodotti che recavano la contestata dicitura "C. Ruffino-Balestrate".

E come se ciò non bastasse mi aspettava una lunga vertenza giudiziaria.

I migliori avvocati italiani si sono accaniti contro di me fino a distruggermi. Hanno cancellato un marchio e una persona. Fra cause e perizie ho perso tutti i terreni, ho venduto il magazzino, i macchinari, tutto. Ora mi resta solo questa casa. Non ho più nessun affetto. Sono sola. Se avessi avuto i calzoni al posto della gonna, sarei stata presa di più in considerazione. Nelle aule giudiziarie, nelle pause dei dibattimenti, sentivo parlare di me giudici ed avvocati. Dicevano che era una follia per una donna fare l'industriale.

Il più gentile degli uomini che ho incontrato nelle aule di giustizia mi ha invitata a ritornare a fare la casalinga: «Nelle imprese non c'è posto per gli uomini, si figuri per le donne».

Da tempo ho pregato il Signore di fare conoscere questa ingiustizia a tutto il mondo.

Sogno di morire e un attimo prima di chiudere gli occhi sentirmi chiedere scusa. Non mi importa da chi. Voglio solo che qualcuno mi chieda scusa per avermi rovinato la vita, per avere spezzato l'orgoglio, piegate le ambizioni.

Scusa per avermi cancellata.

Per avermi condannata a morte.

Nina Di Giorgio

Nat l'ho incontrato la prima volta alla stazione di Trapani.

Era il 1949.

Lui è sceso dal treno insieme a mio padre e mia madre. Era un giovanotto bellissimo. Bello come il sole. Calzoni grigi, maglietta bianca, i capelli impomatati. Una visione. Veniva dall'America. Era il figlio di uno zio di mia madre. Prima l'avevo visto solo in fotografia.

Io andavo al primo liceo classico, era finita la guerra da poco. E dall'America sono arrivate le Polaroid del matrimonio di uno dei figli dei parenti Scammacca. Mi era piaciuto da morire quel giovane a destra dello sposo. Si chiamava Nat, era uno dei cugini di New York. Mostravo quella foto a tutte le mie amiche; lui era il mio boyfriend misterioso. Per anni è stato il mio fidanzato immaginario in bianco e nero.

E ora era lì a casa mia, bello da restare senza fiato. Ventitré anni, una laurea in letteratura, il congedo dall'aviazione militare, pilota decorato in India e in Cina. In tasca aveva una borsa di studio della Long Island University, tre anni in Europa a scoprire il continente antico e le sue origini siciliane.

Tutti e due frequentavamo l'università a Palermo, io a giurisprudenza, lui alla facoltà di lettere, corso di tradizioni popolari. Ci vedevamo ogni pomeriggio. Parlavamo di tutto; Nat conosceva meglio di me la letteratura siciliana, la musica classica, la pittura.

Un giorno è andato a raccontare a casa di un amico di mio padre che si era innamorato di me. E poi è venuto a dirlo pure a me con un mazzo di rose enorme. Mi ha chiesto subito di sposarlo. Non ci eravamo mai baciati prima. Io ero felice, ma era toppo presto per pensare al matrimonio.

«Se tu non mi sposi, io torno in America».

«Ci conosciamo così poco...».

«Nina, se non mi sposi, non mi vedrai mai più».

Mia madre non voleva lasciarmi andare, aveva paura di perdermi. Mio padre era più idealista: meglio una figlia felice e innamorata lontano che una figlia infelice a casa.

E poi io ero pazza di lui.

Erano passati solo due mesi da quando ci eravamo visti la prima volta. Stavamo bene insieme, avevamo gli stessi interessi. Era colto, affascinante ed eravamo complementari.

Io mi sono innamorata dei suoi ragionamenti, della sua cultura. Scriveva poesie. A Trapani allora i ragazzi parlavano solo di sport. Lui era diverso, sapeva tutto di Pirandello. Aveva recitato una sua novella davanti a De Gasperi all'università di New York quando il premier italiano era andato in America a chiedere i soldi per la ricostruzione.

Ci siamo detti sì a Trapani al santuario della Madonna. La chiesa era piena di gente, tutti erano curiosi di vedere come si sposano un americano e una trapanese. Nat è partito subito per gli Stati Uniti a preparare i documenti per il mio ingresso. Io qualche settimana dopo. Il viaggio per l'America è durato dodici giorni. Era la prima volta che lasciavo Trapani. Avevo vent'anni. La nave si chiamava Saturnia. E tutta quell'acqua da attraversare mi faceva paura. Ho viaggiato con due americane. Loro si spogliavano la sera e si mettevano a dormire nude. Io invece entravo in bagno e uscivo con la sottoveste e la camicia da notte. Era già un approccio diverso con il mondo che mi stava aspettando. Il pensiero di arrivare dall'altra parte mi dava le vertigini. Dodici giorni di giri di testa continui. Ero confusa, sapevo che mi stava succedendo una cosa stravolgente. Quando ho visto la Statua della Libertà ho pianto. Io a quella statua ci credevo. Avevo scelto di vivere in America per sempre. Ero lì su quella nave per l'uomo che amavo. Per lui avevo rinunciato al sogno di fare l'avvocato o la giornalista. Era passato nella mia vita con la forza di una tempesta e io avevo seguito quel vento impetuoso. Mi ero portata dietro tutto, perfino i miei libri del liceo e l'enciclopedia.

Il porto, le luci, i grattacieli. Un altro mondo.

L'accoglienza a casa sua è stata fredda. Gli immigrati della prima generazione avevano cercato di mimetizzarsi con gli altri americani e non volevano che i loro figli sposassero italiani come loro. Per questo sua madre non era contenta di questo matrimonio. Non voleva altri siciliani fra i piedi. E me lo ha fatto capire in tutti i modi. Rimproveri, dispetti, fino ad invitare a cena l'ex fidanzata di Nat, una ballerina polacca.

Io alla fine non ce l'ho fatta più. Dopo tre mesi abbiamo lasciato l'America e con un'altra borsa di studio siamo tornati in Italia. Ero incinta di sette mesi. Arrivati alle Azzorre, la nave ha avuto un'avaria ai motori. La mia bambina è nata lì, in mezzo al tramestio delle onde. L'hanno messa fra la bambagia, che sembrava Gesù nel presepio.

Nat si è trasferito a Perugia all'università per stranieri, corso di letteratura italiana. Io intanto avevo vinto il concorso magistrale e dopo dieci giorni già insegnavo. Lui era in Umbria e io sono rimasta a fare la maestra nelle campagne trapanesi.

Un paio di anni dopo, conseguita la laurea, era di nuovo a Trapani con me.

I primi tempi è stato ricercatissimo, tutti lo volevano come insegnante di inglese, il prefetto, il sindaco, il questore.

Quando è arrivata la notizia della morte di suo padre, era il 1951, siamo partiti di nuovo. Lui anche questa volta voleva trasferirsi definitivamente in America per lavorare insieme al fratello nello studio legale. Io lo aiutavo come potevo con un posticino di sarta che mi ero trovata in una fabbrica di cappotti. Abitavamo in una brutta casa di Brooklyn. Ma non mi lamentavo. Avevo puntato su Nat, quel lavoro serviva a dargli forza. Era la differenza di quello che avevo lasciato, era il mio mondo diverso. A un certo punto mia cognata ha obbligato suo marito a non fare più società con Nat perché secondo lei due famiglie con quel lavoro non avrebbero potuto spuntarla. Era di nuovo disoccupato. Così dopo nemmeno due anni eravamo di nuovo in Italia.

A Trapani mi aspettava ancora il mio posto di maestra, ho ripreso a insegnare. Anche Nat aveva ritrovato i suoi allievi che volevano imparare l'inglese, e i soldi non ci mancavano. Abbiamo comprato un pezzo di terreno alle pendici di Erice e ci abbiamo costruito questa casa che guarda il mare. Ma non tutte le cose andavano per il verso giusto come sembrava. Mi ero accorta che Nat covava una grande nostalgia per l'America, lo vedevo depresso.

«Se tu pensi che Trapani non sia il tuo mondo, è meglio che torni indietro».

«Nina, non lo so nemmeno io cosa mi succede. Mi sento un estraneo. Non ho riferimenti».

Erano gli anni Sessanta, negli Stati Uniti c'era la Beat generation, lui smaniava per essere là, per fare parte di quel momento. Non si trovava più. A Trapani gli altri docenti gli facevano la guerra e per invidia cominciarono a dire che lui d' inglese non sapeva una parola perché era americano. Queste cose non le sopportava e lo facevano stare male.

«Nina, sento che devo cercare qualcosa che qui non c'è».

«Io ti lascio libero. Vai, Nat, trova quello che stai cercando».

Poteva fare quello che voleva. Io l'ho fatto per amore del poeta, del suo genio.

Rinunciavo al mio amore per il suo talento.

Ero consapevole del rischio che stavo correndo. Ma non potevo tenere prigioniero con me un uomo di cui conoscevo il valore.

Lo lasciavo andare via perché l'amavo.

E lui se n'è andato.

Ha lasciato i bambini, la casa.

Si è imbarcato sulla nave e non l'ho visto più.

L'acqua ci separava di nuovo. A Trapani non volevo restarci, sono andata a insegnare a Palermo.

Con Nat era finita. È stato lui a dirmelo. È tornato apposta dall'America per spiegarmelo. Aveva incontrato un'altra donna, una scozzese, e con me aveva chiuso. Lo avevo lasciato libero per l'arte, per il pensiero, e lui invece mi aveva tradito. Avevo il cuore spezzato in due. Un anno dopo ho saputo dai suoi parenti siciliani che stava per nascergli una bambina. Nat è finito in manicomio. Non riusciva più a districarsi in mezzo ai suoi pensieri. L'America, l' Italia, i suoi figli, con me, con lei, in Scozia.

Ha ripreso a scrivermi, a chiedermi perdono. Io non l'avevo dimenticato. Sono partita per l'America, volevo vederlo. E l'ho visto. Il sabato e la domenica avevo il permesso per andarlo a trovare. Era una cosa senza senso lo so, ma io l'amavo più di prima.

A Central Park, con le foglie di autunno che tingevano di rosso pure il cielo, eravamo di nuovo insieme.

«Nina, devi perdonarmi».

«Mi serve un poco di tempo, Nat».

«È stato un errore».

«Sì, ma non è facile accettarlo così».
«Nina, io lo so che tu mi ami».
«Ti amo, ma sono confusa».
«Voglio vivere con te».
«Io torno a Trapani. Tu fai quello che vuoi».
«Sì, torno. Giuro che torno».
«Non basta riconoscere che hai sbagliato. Dovrai spiegarlo ai tuoi figli quello che è successo».
«Farò come vuoi tu. Ti amo, Nina. Ti amo».
Sono tornata a Trapani. Ancora una volta non avevo posto condizioni. Continuava a scrivere dall'ospedale psichiatrico ogni giorno. Piccole lettere. "Ti amo". "Voglio te". "Ho bisogno di te". I miei genitori non erano convinti, e non perdevano occasione per ricordarmi che quelle lettere comunque arrivavano da un manicomio. E lui non era quindi un uomo credibile.
Ha scritto pure a mio padre. Aveva chiuso con la scozzese per sempre, e ora gli chiedeva perdono per il male che aveva fatto a me.
Poi un giorno l'acqua me lo ha restituito. Quando si è ripresentato a casa siamo stati un anno a parlare, a cercare di rimettere insieme i pezzi di questa storia. Lui ogni giorno era più convinto, si appassionava di nuovo a questa terra, ai suoi figli, a me.
Nat era tornato il combattente che avevo conosciuto da ragazza. Preso dal libero pensiero, dalla cultura, dalla voglia di cambiare il mondo con la letteratura.
L'Antigruppo è nato proprio per questo, un movimento rivoluzionario per scardinare i luoghi comu-

ni della scrittura. La poesia, una leva per arrivare alla gente comune, direttamente e senza intermediari.

Con l'Antigruppo ha realizzato i suoi sogni. Conferenze all'università, libri, recital sulla Sicilia. Era un affabulatore, affascinava tutti.

Quando organizzava le serate in piazza la gente era lì ad aspettarlo già tre ore prima. È stato uno degli operatori culturali più importanti in Sicilia degli ultimi cinquanta anni. Era riuscito a trasformare la pagina culturale di un settimanale di provincia "Trapani nuova", in uno dei più prestigiosi organi della cultura underground italiana. Ogni tanto tornava negli Stati Uniti dove teneva seminari nelle università che conoscevano l'Antigruppo meglio della maggior parte degli intellettuali italiani.

Io mi sono dedicata più a Nat che ai miei figli. Forse questa è stata una colpa. Loro ogni tanto me lo rimproverano. E hanno ragione. Sì, credo di averlo amato con ognuno dei miei sensi. Tutti i suoi libri li dettava a me passeggiando, poi io li battevo a macchina o al computer. Ho condiviso ogni cosa che faceva. Mi bastava guardarlo per essere felice.

Negli ultimi anni era diventato sordo. Si sedeva davanti al balcone con la coperta sulle gambe e stava ore a guardare il mare, l'acqua tinta di ombre, incantato dai tramonti. Ogni tanto prendeva la penna e scriveva una poesia. Con lo sguardo perso nella falce di questa città, lui continuava ad essere poeta. Non era molto contento di come lo avevano trattato i trapanesi. Molti hanno continuato a considerarlo un americano eccentrico fino alla morte.

Negli ultimi tempi si è avvicinato alla religione cattolica. Strano, perché lui era sempre stato un ateo convinto. Raccontava di avere avuto una apparizione, un segnale divino. In sogno aveva visto il Cristo morto e questo gli era sembrato un messaggio. Lo ho accompagnato da un prete, si è confessato e ha preso la comunione. I suoi amici non volevano crederci. Pensavano alla paura della morte che conduce a Dio. Non so cosa gli sia successo veramente. Forse si sforzava di credere e certe volte io me ne accorgevo. Era cambiato, questo sì. Viveva con i suoi ricordi. Pensava alla sua vita. Al tempo che gli mancava.

Al silenzio ho dedicato gli ultimi giorni di Nat.

Lui con la matita fra le mani e un quaderno posato sul tavolino.

Io che avrei voluto che lui prendesse quel quaderno, ma sapevo pure che non l'avrebbe fatto.

Così immobili per ore senza dirci nulla.

ARIA

Anna Giordano

Sono stati gli occhi di un falco chiuso in una gabbia a farmi capire che non potevo rimanere indifferente di fronte a un torto così.

Mi fissavano pieni di paura, smarriti e angosciati.

A dieci anni uno si immagina ingiustizie diverse – che so, un brutto voto a scuola, una punizione immeritata – e non pensa certo a salvare il mondo.

Fino al giorno in cui due occhi si appiccicano al cuore e ti chiedono la libertà. Così, persi fra le zucchine e i carciofi di una domenica mattina in un mercato di Messina.

A dieci anni le emozioni camminano sulla pelle e quando entrano dentro vanno a finire dritte nell'anima e diventano dolore o gioia, senza altre variazioni. Quello era dolore. E mi sono sentita chiusa pure io dietro a quelle sbarre. Impotente perché avevo poco da offrire in cambio della sua libertà. I miei risparmi, una striminzita paghetta settimanale. Mi sono messa in un angolo e ho aspettato con i pugni chiusi che l'uomo dei falchi restasse solo. Avrei voluto sputargli il mio orrore, mandarlo al diavolo, chiamare la polizia. Ho trattenuto la rabbia con tutte le forze; ero consapevole che un gesto mal calcolato avrebbe compromesso ogni cosa. Ho contato i soldi, bastavano appena per un cardellino e due passeri.

Di corsa col fiato in gola fino in campagna.

Lo sportello della gabbia aperto.

Un lungo respiro.

Liberi.

La seconda volta che ho visto un falco è stato sullo Stretto di Messina.

Uno sterminio.

I bracconieri li uccidevano appostati sulle montagne. Una vera strage di migratori, nel pieno rispetto della tradizione. Dalle mie parti circolava fino a qualche tempo fa un detto idiota: "Chi non mangia un falco l'anno è cornuto tutto l'anno". Venti minuti di pentola a pressione, e l'onore è salvo. Diciassette rapaci abbattuti, sparati come al tiro a segno. Con la caccia chiusa e gli appostamenti vietati dalla legge.

Quel giorno ho deciso che lassù quei delinquenti non si sarebbero più divertiti in quel modo.

Avevo quindici anni. Come una belva mi sono presentata davanti a loro. Volevo vederli in faccia quegli assassini. Quando ho tentato di salvare una poiana ferita hanno capito che non ero arrivata lì per farmi una passeggiata.

Mi hanno puntato i coltelli, i fucili.

Sono andata dai carabinieri.

«Ammazzano gli uccelli».

«E perciò?».

«Dovete fermarli. La caccia è chiusa».

«Con tutte le cose che abbiamo da fare, ora ci mettiamo pure gli uccelli».

«Complici, ecco quello che siete».

«Vai a casa che è meglio».

«Ma io ho qui la legge».
«Presuntuosa e arrogante. Ma chi ti credi di essere?».
«Salite con me. Vi dico dove sono».
«E secondo te ora chiudiamo la caserma per colpa di un falchetto ferito? Togliti di torno, qua dobbiamo lavorare».
Ma io non mi sono arresa.
Ho cominciato a rompere le scatole a mezzo mondo.
Lettere ai giornali, denunce.
Poi quella stessa estate ho organizzato una manifestazione a salvaguardia dei migratori dello Stretto. I bracconieri ci hanno bruciato i cartelloni senza che le forze dell'ordine muovessero un dito. Ci hanno impedito perfino l'accesso alla montagna. Loro non volevano essere disturbati. Gli uccelli gli spettavano di diritto, per tradizione.
Nel 1984 ho capito che i tempi erano maturi per un campo, un presidio quotidiano antibracconaggio. E lì sono cominciati i guai. Prima l'automobile bruciata. Poi una serie di "regalini" recapitati direttamente a casa: un serpente morto, una martora squartata, un falco decapitato con un biglietto per me: "All'attenzione di Anna Giordano. Questi falchi si sono sempre sparati e sempre si spareranno. Firmato Adorno Picchiaiolo".
Paura? Ma neanche per sogno. Quando io ho ragione mi sento un leone, e niente mi può fermare. Loro sparavano e io telefonavo ai carabinieri e alla fore-

stale. Ce n'è voluta, ma alla fine si sono decisi a intervenire. Una ingiustizia non può durare in eterno.

I numeri dicono che la nostra tenacia è stata premiata: 1984, 3.198 rapaci, 1185 spari; 2007, 38.367 rapaci, 3 spari.

La montagna è stata liberata dalle postazioni di tiro, e resiste soltanto qualche rudere disabitato. I cacciatori si tengono alla larga e non vogliono più sentire parlare di falchi.

Il 13 maggio del 2005 è una data che non dimenticherò più. Un vecchio bracconiere ha voluto incontrarmi.

«Ti ricordi cosa mi hai detto venticinque anni fa?».

«Ce ne siamo dette tante».

«Mi hai detto che io avrei imparato ad amare questi uccelli. Avevi ragione. Ora quassù ci vengo solo col binocolo. Ed è un grande spettacolo vedere il cielo dipinto da queste ali».

Ho provato una emozione straordinaria. Lui rinunciava alla strage non per paura della galera, ma perché gli uccelli sono belli. Se fosse finita qui, avrei potuto chiudere la partita quel giorno stesso. E invece le emergenze sono talmente tante che non riesco più a seguirle tutte.

I nemici di oggi sono gli stupidi, quelli che inseguono stili di vita votati al massacro dell'umanità. C'è qualcosa che non funziona nella nostra organizzazione sociale ed economica. La politica segue sviluppi e programmi sbagliati. Anche quelli apparentemente "eco", come si dice ora. L'eolico sembrerebbe una grande conquista dei nostri tempi, in realtà va bene soltanto nei posti giusti, nelle quantità giuste, e accompagnato da una seria strategia di risparmio energetico. Non c'è da stare tranquilli di fronte a una emorragia di progetti che finirà col produrre una quantità di energia sproporzionata. La rete elettrica siciliana può distribuire cinquecento megawatt da fonte eolica e la Regione ne ha autorizzati oltre duemila. Va bene la campagna per la ricerca di fonti alternative e pulite, non possiamo però ricoprire tutti i monti della Sicilia di pale eoliche.

Dobbiamo darci una regolata. E smetterla di fare i consumatori a tempo pieno. Ormai l'economia comanda su tutte le scelte dell'uomo. Si sacrifica sul suo altare la salute del pianeta. Io per mestiere analizzo per conto del WWF Italia le valutazioni di impatto ambientale. E i rischi non sono quasi mai presi in considerazione da chi costruisce e cambia l'assetto di un territorio. Gli sbancamenti in Sicilia non si contano più. Uno si alza la mattina, prende la ruspa e spiana la montagna. Rischia solo un verbale di cinquecento euro. Alla faccia delle frane e delle tragedie che poi difficilmente si possono scansare. Sarebbe bastato dire "non si autorizza".

Su quattrocento progetti che riguardano l'ambiente ho trovato solo due pareri negativi. Si permettono ricerche intensive di idrocarburi senza pensare alle conseguenze per la sicurezza e la morfologia del suolo. Ma dopo che una ditta ha speso milioni di euro e trova il petrolio, è difficile negarle il diritto all'estrazione accampando problemi di impatto ambientale. Perché il Tar finirà per darle ragione. È necessario valutare prima gli effetti, i danni e i risultati.

Ora a Messina pensano a una darsena per settecento posti barca su una prateria di posidonia oceanica che è un formidabile rallentatore dell'erosione delle coste perché abbatte l'energia delle onde. Un pugno sul cuore dello Stretto, in area protetta dell'Unione Europea, nella bocca delle correnti che qui sono micidiali, con le sciroccate che mangiano pure i sassi. Una follia. Poi servono le strade, i parcheggi, gli alberghi. È un anno che scrivo a tutti e nessuno mi ascolta. Questura, Prefettura, vigili urbani, carabinieri. Silenzio. L'ultimo spot è quello di Messina capitale dei parchi fluviali. Finalmente una cosa bellissima. Poi si vanno a leggere le carte e si scopre che in effetti vogliono cementificare i fiumi. A Messina c'è un rischio idrogeologico e sismico serissimo. Si continua a costruire ovunque compiendo sbancamenti paurosi. Ho scritto alla Protezione civile e non so più a quale santo votarmi. Non si possono fabbricare ottanta palazzi e una sola stradina di fuga. Case che nessuno abiterà e non c'è logica dietro a questa rovina. Solo la mafia può essere una spiegazione. Ci vorrà una catastrofe per cambiare questo destino.

Eppure è possibile conciliare il turismo con la difesa dell'ambiente. Limitare l'accesso al territorio, per esempio. In Engadina, in Svizzera, il parco nazionale è riservato al numero dei posti macchina fissato per ogni parcheggio che apre il sentiero. È vietato staccare rami e foglie, importunare gli animali. Cose semplici ma efficaci. In Sicilia c'è la moda di percorrere i viali con i Suv. Ed è ancora più buffo che questi che ci vanno si proclamano ambientalisti. Sono stata su un'isola dell'oceano Atlantico fra il Brasile e la Liberia e c'era bisogno della prenotazione per entrarci e per ogni giorno in più si pagava una tassa ecologica. Gli abitanti del luogo sono le guide turistiche, costano poco ma hanno lavoro tutto l'anno. A Lipari il mare all'alba d'estate è già sporco. E i pesci sono sempre di meno. Si vuole il turismo alle Eolie? Bene. Ma fra qualche anno non resterà granché da mostrare.

Quando sono arrivata a Trapani nel 1996 a dirigere la Riserva delle saline di Nubia il primo scontro è stato con una segheria di marmi che aveva cominciato ad allargarsi scaricando i residui dentro un pantano dove vive una cavalletta unica nel pianeta. Ci siamo opposti mille volte, eravamo in riserva, una zona umida. Alla fine la segheria si è fermata. E la cavalletta si è salvata. Ecco l'utilità di una riserva. Anche un pezzettino di terra va tutelato.

Ora che sono a Messina mi sono intestata la battaglia del ponte. Pochi ne parlano ma qui la società del ponte sullo Stretto esiste, continua ad assumere persone e il progetto va avanti. La gente non lo vuole, ma loro ci lavorano lo stesso. Eppure le ragioni per opporsi sono tante. Antieconomico e devastante. Fuori tempo. Zona sismica. Consumo di risorse naturali pazzesco. Impatto mostruoso sul territorio. Infrastrutture di servizio allucinanti: ventidue cantieri su entrambi i lati che raderebbero al suolo interi villaggi, consumo di suolo impressionante. Solo per le fondamenta di un pilone si metterebbero ottocentomila metri cubi di cemento infilati a una profondità di sessanta metri a ridosso del mare. Due piloni che sbancherebbero intere montagne. Per non parlare delle strade di servizio: quindici chilometri lato Sicilia e ventidue chilometri lato Calabria. Tracciato ferroviario a doppia canna con annesse gallerie con milioni di metri cubi da portare in discarica. Non si può rendere carrabile il mare sullo stretto di Messina e incentivare in questo modo il trasporto su ruote quando tutto ci dovrebbe spingere alla dismissione delle merci su strada come l'Unione europea indica da anni.

Le mie ferie del 2004 le ho dedicate a scrivere il ricorso per la violazione alle direttive sulla salvaguardia degli uccelli. L'Unione europea ha avviato la procedura di infrazione e se l'impatto non è mitigabile fioccheranno multe salatissime fino a centomila euro al giorno. Cinque pagine più tre allegati portati a mano a Bruxelles. Questo mostro serve solo alla mafia. Mi devono pure spiegare come mai non esiste nessun rilevamento sulle faglie in una zona sismica come quella di Messina. E hanno pure la faccia tosta di affermare che tanto il prossimo terremoto da queste parti è previsto fra millecinquecento anni.

Sono l'unica italiana ad avere ricevuto il "Goldman Environmental Prize", il premio Nobel per l'ambiente.

E la rivista americana Time mi ha incluso fra i dieci eroi del pianeta, una classifica dei protagonisti del XX secolo a cui si deve la salvezza della Terra. Certo, dovrei essere soddisfatta, le mie lotte sono state apprezzate, i riconoscimenti sono arrivati. E invece ci sono ancora un sacco di cose da fare.

Sono stata tentata più volte di lasciare la Sicilia. Ma poi ho scelto di restare a casa mia. Queste contraddizioni sono forze che mi attirano. E non so spiegare perché. Mia madre, il cane, i falchi mi tengono qua. E poi, se io me ne vado, finisco per darla vinta a qualcuno.

E invece io sono una tenace.

No, non me ne andrò.

Maria Lombardo

Io non sono tanto ignorante.

So leggere e pure scrivere.

Mi sono ritirata dalla scuola alla seconda media. I professori non volevano. Glielo avevano detto tante volte a mio padre: «La ragazza ha la passione della scuola. Le piace studiare». E avevano ragione perché a me è sempre piaciuto studiare. Ma mio padre non ne voleva sapere niente. E così mi ha ritirata dalla scuola senza nemmeno chiedermi cosa ne pensavo.

Ero figlia unica. Mia madre era morta da poco e c'era da seguire mio padre in montagna dove teneva gli animali. Bisognava governare le mucche e le pecore, preparare la cena quando mio padre tornava, mungere il latte, pulire le stalle. E così ho lasciato la scuola.

Per mio padre i libri sono sempre stati una perdita di tempo. Diceva sempre che chi studia impara solo a fare il fannullone.

Era mia madre che ci teneva. Voleva per me un futuro diverso da quello che mi aveva assegnato lui. Glielo diceva sempre: «Maria non è un uomo. Non può fare il pastore. Deve studiare e prendere marito».

Ma mio padre nemmeno l'ascoltava.

Lui ce l'aveva con mia madre perché dopo di me non era stata capace di dargli un maschio. Pur sapendo dai medici che lei non avrebbe potuto avere altri figli, l'ha messa incinta altre sei volte. E ogni volta arrivava al terzo mese e abortiva. Certe volte faceva tutto da sola. Le ultime due gravidanze non ha detto nulla a mio padre. Per non deluderlo, forse. O forse per non farlo arrabbiare.

No, mio padre non era violento nel senso che alzava le mani a mia madre. A me non ha mai dato uno schiaffo. Era violento nei modi, nei gesti, con le parole. Quando si arrabbiava sbatteva i pugni sul tavolo, gridava come un pazzo. Poi usciva di casa con le greggi e mancava certe volte anche cinque giorni.

Io non ero brutta. A scuola c'era un compagno che si chiamava Vincenzo che mi veniva dietro. La mattina mi infilava nella tasca della cartella bigliettini con le frasi d'amore. Me ne ricordo ancora uno, c'era scritto: "Maria ti amo come tutto il mondo". Io questo bigliettino l'ho conservato per tanto tempo.

Mi ricordo che Vincenzo l'ho amato fino a venti anni. Mi ero convinta di essere fidanzata con lui. E non lo vedevo da quando avevo dodici anni. Questo pensiero mi teneva compagnia. Mi faceva sentire come tutte le altre ragazze della mia età. Nella mia testa ero fidanzata con Vincenzo. Pensavo sempre che dopo la morte di mio padre avrei venduto le pecore e le mucche, mi sarei comprata una casa in città e poi avrei chiesto a Vincenzo di sposarmi. Una fissazione che, non so se è stato un bene o un male, se n'è andata dopo una decina di anni. Certo, prima ero più contenta di credere di essere fidanzata con

Vincenzo. Quando veniva qualche commerciante a comprare i formaggi e mi chiedeva perché non mi sposavo, io rispondevo sempre di essere fidanzata. Mi faceva piacere dirlo. Dopo non l'ho più detto a nessuno. Avevo paura che scoprissero la bugia.

Ora quando qualcuno mi domanda, rispondo che non ho tempo per pensare al matrimonio. È anche questa una bugia. Ma ormai la mia vita è andata così e non c'è più niente da fare.

Le prime volte che ho seguito mio padre con le pecore avevo tredici anni. Questo mestiere all'inizio mi è piaciuto farlo. Stavo all'aria aperta, correvo dietro ai cani, ammazzavo le serpi. Mi dava l'impressione di essere libera. Poi a poco a poco mio padre ha cominciato a darmi sempre più responsabilità, mi diceva che un giorno tutte le pecore e le mucche sarebbero state mie e che c'era bisogno di imparare presto perché voleva lasciare i campi. Aveva la sciatica e passava sempre più spesso le giornate a letto piegato dal dolore.

Così sono diventata un pastore.

Non avevo un momento di calma. Portavo le pecore e le mucche al pascolo, le mungevo, pulivo le stalle, riassettavo la casa, preparavo da mangiare. Un inferno. Le cose poi si sono complicate quando mio padre è morto.

Avevo venti anni e non ho avuto il tempo di pensare se quella vita faceva veramente per me.

Alle pecore e alle mucche non puoi spiegare che ci devi pensare, che vuoi prenderti un periodo di riposo. Non ti lasciano tempo a disposizione per niente. Poi quando avrei veramente lasciato tutto per cambiare vita, mi sono accorta che era troppo tardi.

In città mi sento un pesce fuori dall'acqua. Certe volte scendo in paese per comprare qualche medicina, un poco di spesa e mi gira la testa a vedere le automobili, le vetrine dei negozi. Ho capito che non è vita per me.

La mia giornata comincia alle quattro del mattino. Raduno tutte le bestie, che di notte lascio libere, andandole a scovare nei posti più nascosti. Le porto nella stalla. Le lego ognuna al suo posto e comincio a mungerle. Raccolgo il latte e lo divido nei recipienti. Poi accumulo i fasci di fieno e mangime. Trasporto il latte dentro la casa. Accendo il fuoco per la ricotta e intanto che il fuoco arde spalo il concime. Poi abbevero le bestie, metto il caglio nel latte, impasto la toma per fare il formaggio, faccio la ricotta. E si sono fatte le due del pomeriggio. Il tempo di mangiare e si ricomincia con le pecore. Alle sette di sera viene sempre qualcuno a comprare il latte e i formaggi. Alle nove sono a letto. Ascolto un poco la radio, l'unico passatempo che ho, e mi addormento.

Sfinita.

È così da quasi trent'anni. Ormai ci sono abituata. E per certi versi mi piace pure. Di questa vita amo il silenzio. Ascolto il vento, gli animali. Ognuno di questi rumori per me è silenzio.

Il silenzio è la mia vita.

Durante la giornata dico al massimo cento parole. Le parole mi fanno paura. Mi sembrano fatte apposta per prendere in giro la gente.

Una volta ogni due anni cambio il pascolo. Mi sposto con le pecore e le mucche alla ricerca di erba più verde. Io ho otto mucche e cinquanta pecore. Trovare una stalla e un recinto in affitto con poco non è difficile. Faccio quella che si chiama la transumanza. Qualche anno fa mi spostavo ogni tre mesi. E alla fine dell'anno mi sono accorta che ero già in un'altra provincia. Io le vacche le chiamo tutte per nome. Una si chiama Teresa e ancora deve figliare. Un'altra si chiama Diana ed è un poco nervosa. È golosa, salta sempre e non capisce mai quello che le dico. Dentro la stalla, per esempio, se le parlo sta calma. Se sto zitta comincia ad agitarsi. Poi c'è Valeria che è una buona vacca, è sempre contenta. Una si chiama Santina, quest'anno ha figliato, ha fatto un vitello morto e lei stava morendo. Io stessa l'ho curata senza dottore. Acqua di mare, aceto e olio. Quando loro si arrabbiano, io mi arrabbio più di loro e comincio a bastonarle. Ma senza farci del male però. Dopo si calmano.

Le pecore invece hanno un altro carattere. Sono più stupide. Ma anche più sensibili. Quando prendo un agnello dal gregge per ammazzarlo, tutte le pecore si dispongono a cerchio creando un vuoto proprio nel posto dove si trovava l'animale che ho preso. Poi per due notti belano ininterrottamente.

Piangono la fine del loro compagno.

Sembra una favola ma è la verità. Io le sento tutta la notte piangere. Mi alzo e vedo che hanno gli occhi lucidi. Si guardano attorno per cercare chi non c'è più. E piangono. Mi si strappa il cuore, ma non ci posso fare niente. Loro sono nate per dare da mangiare a me. Non sono io che ho inventato questa regola. Il mondo per loro va così. E non è colpa mia. Io non guadagno molto. Venti, trentamila lire al giorno. I macellai quando comprano un vitello, un agnello si lamentano sempre. Dicono che non gli conviene perché le bestie sono magre. Ma un vitello che pesa due quintali e mezzo ha la carne pompata con le iniezioni e i mangimi artificiali.

Tutte le volte che i macellai, i commercianti di formaggi vengono su al gregge per comprare il latte o la carne rimangono sorpresi. Non si aspettano di trovare una donna. E mi dicono: «Buongiorno, signora. Per favore può chiamare suo marito?».

E io a convincerli che non c'è nessun marito perché il padrone sono io.

Con i miei animali ho girato un sacco di posti, in pianura e in montagna e gli uomini con cui ho avuto a che fare sono tutti uguali. Hanno davanti una donna e credono di poterla mettere nel sacco. Ribassano i prezzi, cercano di rubare sul peso. Ma io non mi lascio prendere in giro.

Io non mi vesto quasi mai da donna. Trovo più comodi i pantaloni e gli stivali. E così passo per una a cui non piacciono i maschi. Anzi più di una volta ho sentito dire che mi piacciono le donne. Sulle montagne, gli altri pastori mi conoscono come *'u masculu*. Certuni mi chiamano così come se fosse il mio cognome. Me lo dicono davanti: «Ciao, masculu». E io non mi offendo. E tutto questo soltanto perché tratto gli uomini alla pari e perché mi piace mettermi i pantaloni.

Ora che ho quarantotto anni mi piacerebbe farmi una famiglia, un marito. Ma ormai è troppo tardi. Sono così abituata a vivere in mezzo agli animali che ora mi piace. Non potrei vivere senza di loro. Li chiamo per nome e si voltano, li accarezzo, li punisco se sbagliano. Proprio come dei figli. Ci parlo pure. E loro mi ascoltano.

Ma soprattutto sono libera.

Sì, sono una donna libera.

Non ho bisogno di guadagnare centomila lire al giorno per essere felice. Mi bastano dieci, quindicimila lire. I soldi mi servono per affittare le stalle, per le medicine degli animali, per comprare altre bestie, mi servono per quando un giorno deciderò di non fare più questo lavoro.

E quando prenderò questa decisione lo farò in libertà.

Penso di non fare più niente. Forse mi abituerò a vivere in una città. Diventerò una donna normale. Ma la cosa che veramente mi piacerebbe fare è cercare Vincenzo. Ogni tanto ci penso. Se avessi continuato a studiare mi sarei sposata con lui. Avrei avuto figli, nipoti. Chissà.

Ma non sarei stata libera di fare quello che voglio. Di cambiare posto quando mi piace, di dormire sotto le stelle o sotto i carrubi, di innamorarmi ogni giorno di un pensiero diverso.

Forse tutta la mia vita è sbagliata. Vivo come una zingara fra le montagne. Chi mi conosce mi prende per pazza, per maschio. Che forse sono la stessa cosa. Ma loro non sanno niente di me. Mi conoscono di più le mie bestie. A loro non importa se sono donna o uomo, sanno che mi prendo cura delle loro vite. E in cambio mi danno da mangiare. Ma anche io sono contenta certe volte di stare in mezzo a loro. Ogni giorno mi offrono la possibilità di respirare tanta aria pulita.

Inghiotto sorsi di vento che mi riempiono lo stomaco.

Quando in montagna respiro a pieni polmoni, sento l'aria attraversare tutto il corpo. E il vento scendere giù come se stessi bevendo o mangiando.

E mi sazio veramente di questo dono.

Ecco, questa per me è la libertà.

Amelia Scimone

Io quando ero ragazza mi sentivo come una farfalla, volavo e mi posavo dove mi piaceva.

Ero curiosa e amavo la bellezza.

Proprio come le farfalle che si consumano le ali sopra i fiori più colorati.

Da grande volevo fare la ballerina. Un desiderio trasgressivo per quei tempi. Sono nata i primi del '900, ed era un'altra storia.

La mia era una famiglia di musicisti, mia madre suonava il pianoforte, mio padre la chitarra, mio fratello il violino, io il pianoforte e la fisarmonica.

A Taormina non esisteva nemmeno un negozio. E si poteva passeggiare solo sotto la luce dei lampioni. Duecento metri al massimo. In fondo, il buio era il confine, l'ignoto. La periferia, le case sparse, i cani randagi, i briganti.

Io ero una bambina irrequieta. A scuola ero terribile. A dodici anni sono entrata in collegio ad Alì Marina. Ci sono rimasta due anni. Mi piaceva solo suonare. Studiavo poco e così sono tornata di nuovo a casa.

A tredici anni ho conosciuto il mio primo amore. Si chiamava Giuseppe. È stato un ruffiano a farmelo vedere e a dirmi che lui mi voleva. L'amore si faceva a distanza, con i segnali. Quando passava e si toccava i capelli significava che in quel momento mi dedicava un bacio.

Il primo bacio vero è arrivato a quindici anni, dopo due anni di ammiccamenti, senza mai parlarci. Ci scambiavamo le lettere e a questo ci pensava pure il ruffiano. Con un biglietto un giorno mi ha dato appuntamento davanti all'hotel Excelsior. E lì fra le colonne dell'albergo per la prima volta ci siamo detti ciao e ci siamo baciati. E sono scappata come una ladra, col fiato suo ancora sulla bocca. Ché queste cose io solo sui giornali le avevo viste. E poi avevo paura che qualcuno ci potesse spiare e pensare male sul mio conto.

Dopo un paio di mesi, con Giuseppe ci siamo fidanzati. Ma non è stata una storia tranquilla. Lui voleva sposarsi e io no. Lui voleva fare la fuitina e io manco a parlarne. Per colpa sua ho perso di sposare un miliardario americano. Io gli assicuravo che la storia con Giuseppe era finita, ma lui non voleva crederci.

Ho avuto un sacco di fidanzati, amori puri e onesti. Ho sempre seguito i consigli di mia madre che ogni giorno si raccomandava alla Madonna per non lasciarmi indurre in tentazione. Li amavo col cuore e con la testa. Mi portavano a ballare, ma niente di più.

Io ero la ragazza più bella di Taormina. Quando passeggiavo per il corso c'era la fila dietro di me. Quelli che vendevano la frutta, appena passavo, smettevano di abbanniare e si fermavano a guardarmi.

Io li sentivo trattenere il respiro.

A diciotto anni stavo con un carabiniere di Napoli. Aveva una bella voce da tenore. Mi sono fidanzata ufficialmente con lui. Sono perfino andata a trovare la sua famiglia a Posillipo.

Poi però mi sono innamorata di un altro. Il carabiniere aveva comprato già l'appartamento per noi due. Quando si è presentato sotto il portone di casa, l'ho lasciato dal balcone.

«Sposami, amore mio».

«No».

«Ma come, dicevi di amarmi».

«Non voglio sposarmi».

«Fammi salire, ti prego».

«È finita, non cercarmi più».

Ho avuto tanti corteggiatori che non mi ricordo più nemmeno i nomi e le facce. C'era un violinista che aveva perso la testa per me e ogni sera mi faceva la serenata sotto casa.

Poi Salvatore, un capitano di lungo corso di Palermo. Si era fissato per me e alla fine è diventato pazzo.

«Salvo, noi due non siamo fatti per stare insieme».

«Sei una malattia e solo tu puoi guarirmi».

«Ma io non ti voglio, non posso farci niente».

Non sentiva ragioni e diceva di amarmi ogni giorno di più. Ma l'amore non era ricambiato, lui stava sempre peggio e io non sapevo cosa fare. Era una ossessione.

Mi ha visto la prima volta durante la raccolta dell'oro per la patria che mi aveva dato mia madre per Mussolini. Dietro di lui c'era una folla di ruffiani che cercavano di spingermi fra le sue braccia. Ma io non lo volevo. Però mi faceva pena e non ce la facevo a respingerlo. Lui allora si sentiva fidanzato, veniva a casa, mi faceva regali. Mi ha portato pure a Palermo a conoscere sua madre. Lei si è accorta subito che io a suo figlio non gli volevo bene. Ma ha fatto finta di crederci. Non era brutto, anzi era un bell'uomo. Mi infastidiva essere amata in quel modo così ossessivo, mi sembrava di impazzire pure io con lui.

La mia bellezza mi ha portato pure a Cinecittà perché volevo fare l'attrice. Avevo superato i provini, dovevo lavorare in un film con Valentina Cortese e Rossano Brazzi. Poi è arrivato Salvatore, ha parlato con i selezionatori e ha scombinato tutto. Ha convinto con una serie di bugie il regista a lasciarmi tornare al paese.

A Taormina sono entrata in conservatorio e mi sono diplomata in pianoforte.

Nel 1953 mio fratello Chico ha aperto La Giara, e dal suo night è passato tutto il bel mondo di allora. È qui che ho cominciato a ballare la tarantella e la samba.

Alla Giara ho conosciuto Mellon, un miliardario americano, il proprietario di un grattacielo a Philadelphia. Lui era più piccolo di me di tre anni. Mi ha invitata a ballare e si è perso per me. Pure io mi sono persa per lui. Ma non volevo andare a vivere in America, volevo restare a Taormina. Così quando lui è partito giurando che sarebbe tornato per portarmi via, io mi sono messa di nuovo con il mio primo fidanzato.

Poi Mellon è tornato veramente ed è venuto a trovarmi in un locale. Io stavo ballando con Giuseppe;

ci siamo incrociati con gli occhi e io gli ho fatto segno che non poteva esserci niente fra di noi. Il giorno dopo era di nuovo in America. Mi è dispiaciuto però lasciarlo andare così. È stato l'unico uomo di cui mi sono pentita. Ora sarei piena di soldi. Io però che lui era miliardario l'ho scoperto dopo. A saperlo prima non me lo sarei fatto scappare. Mi spaventava il viaggio in America, però.

La Giara era un mondo fantastico. Ci venivano Liz Taylor, Sophia Loren, Alberto Sordi. Il fiore della nobiltà siciliana. C'erano ragazzi che ogni sabato pagavano il biglietto solo per danzare con me. Si ballava a coppie e se uno ti piaceva era il modo migliore per sentire se quello che provavi era giusto oppure sbagliato. La musica, la pelle, il profumo della notte.

Per il the danzante arrivavano i più bei figlioli della Sicilia.

Io mi ero innamorata di un giovane di Catania, ma suo padre faceva di tutto per impedire questo rapporto perché anche lui mi voleva e mi faceva la corte, ed era geloso di suo figlio. Con lui ci sono stata un paio di anni, era molto più giovane di me e la storia non poteva andare avanti. Ci vedevamo di nascosto perché lui aveva paura del padre che si era messo in mezzo. Per colpa mia si sono combattuti e divisi. Ci sono stati uomini che per amarmi si sono fatti male.

Al San Domenico, l'albergo più bello della città, venivano questi ricchi americani omosessuali che si portavano dietro fidanzati giovani e bellissimi. A me piacevano da morire i gay. Mettevano a letto il vecchio che li accompagnava e di nascosto me li trovavo in pista a ballare.

Io mi sono sposata negli anni Sessanta. Mio marito l'ho incontrato alla Giara, lui giocava ai dadi e continuava a guardarmi, perdeva e non gli importava perché i suoi occhi erano solo per me. Questa cosa mi ha colpito. Un uomo che preferisce al gioco gli occhi di una donna è un essere speciale. Dopo che La Giara ha chiuso, ho cominciato a fare i primi piano bar in giro per i locali di Taormina. Poi mio fratello Chico è diventato il direttore dell'orchestra del San Domenico e io mi sono messa a suonare con lui. E sono rimasta in questo straordinario hotel pure dopo che lui è morto. Lo so che sono vecchia, a novanta anni uno dovrebbe mettersi il cuore in pace e aspettare la morte. Ma che ci posso fare io se ho ancora dentro un sacco di energia. Ogni sera stupisco mezzo mondo dal pianoforte di questo magnifico albergo, e nessuno indovina la mia età.

C'è ancora un sogno che mi piacerebbe realizzare: partecipare all'*Isola dei famosi*. Glielo farei vedere io a questi ragazzini come si sopravvive in mezzo ai pericoli.

Non sarebbe male però nemmeno *Il Grande fratello;* due o tre mesi sotto i riflettori e diventerei una star.

Io settanta anni fa ero già avanti di mezzo secolo. Ambiziosa e con un sacco di progetti in testa. E non mi vergognavo di parlare con gli uomini. Loro perdevano la testa, ma io non mi concedevo a nessuno. Tosta e determinata, ecco come ero.

Ho amato tanto, ma ho scelto sempre e solo col cuore.

Una splendida vita sicuro; ma ho fatto pure tanti errori. Ero bella, avrei potuto girare dei film, buttarmi nello spettacolo. Magari in America.

Chissà, sarei stata una diva di Hollywood.

E invece è andata così. Sono nata nell'epoca sbagliata.

Rosa Martino

Avevo sei anni quando mia madre si ammalò.

Un giorno stava davanti al camino a sgranare i punti di un maglione con i ferri infilati sotto le ascelle e rimase così, immobile. Io ero sola con lei a casa. E quella paura non posso scordarmela più. Cominciai a strillare: «Mammaaa!», ma lei non rispondeva.

Me la ricordo impalata, di pietra. Aveva una smorfia di dolore accesa sulle labbra. Gli occhi erano chiusi. Il capo leggermente reclinato in avanti. Ma le braccia, le gambe erano rimaste ferme. Come se non fosse successo nulla.

Quando arrivò la vicina di casa allarmata dalle mie urla, c'era poco da fare. Il medico disse di portarla in ospedale. Ma sarebbe stato, aggiunse, inutile. Per lui non c'erano dubbi, si trattava di una paralisi.

Non mi ricordo niente di quando mia madre è stata in ospedale. Ce l'ho in testa ferma con quella smorfia sulle labbra. Dopo me la ricordo a letto, con lo sguardo perso sul soffitto, muta, spenta. Ogni tanto la cameriera gridava: «Si è mossa, si è mossa». Accorreva mio padre dalla campagna, veniva il medico. Ma la mamma non si muoveva più. Forse si era mossa soltanto nella fantasia di quella vecchia cameriera.

Mio padre viveva in un baglio fuori città. Aveva un podere coltivato a vigne, ulivi, frutteti. E qualche animale, conigli, galline, un paio di mucche. Mio padre aveva conosciuto mia madre in questa campagna. Era il figlio del fattore. Mia madre la figlia del padrone. Fu amore quasi subito. E mio nonno non ostacolò questo matrimonio, nonostante le differenze di classe a quel tempo contassero molto, perché era molto affezionato a quel giovane intraprendente che aveva rubato il cuore della figlia.

Un tempo la proprietà doveva essere stata molto più grande. Per mio padre tutta la colpa era del fratello di mia madre che aveva costretto la famiglia a vendere i terreni per pagare i suoi debiti di gioco e le donnacce. A casa era vietato parlare di lui.

La malattia della mamma mi buttò nello sconforto. Trascorrevo, dopo la scuola, intere giornate in casa, da sola con la cameriera che badava a me e alla mamma. Papà tornava dalla campagna una volta la settimana. Ma io lo vedevo poco. Stava quasi sempre al circolo.

E con me non giocava mai.

Gli sentivo dire che non poteva vedere la mamma in quelle condizioni e che preferiva uscire per illudersi che non era successo nulla.

Quando in via Etnea si accendevano i fanali per le strade, per me un altro giorno era passato.

A dieci anni mi sono ritirata dalla scuola. E mi sono messa a contare i giorni guardando dalla finestra le luci che si accendevano e si spegnevano.

L'unica visita che mia madre riceveva era quella di un signore ben vestito che quasi una volta al mese veniva a trovarla. La cameriera mi diceva che era un dottore che veniva da fuori per dei controlli. E già dalla prima volta che lo vidi mi fece giurare di non parlarne a mio padre perché il dottore voleva fargli la sorpresa di guarire la mamma. A me però questa storia non convinceva tanto.

E così quando una mattina la mamma spalancò gli occhi verso il tetto e ci fu a casa mia una gran confusione attorno al suo letto, finalmente scoprii chi era quel "dottore". La mamma era morta da poco e mio padre, appena vide il "dottore", lo accusò di essere la causa della malattia della mamma. Come può essere un dottore – pensavo io – la causa di una malattia? Ma poi quando gli disse che con le sue donnacce aveva rubato i soldi a sua sorella che potevano aiutarla a guarire, compresi tutto: il "dottore" era il misterioso zio. Di mestiere faceva l'impresario di varietà.

Io rimasi con la cameriera.

Mio padre a casa si faceva vedere sempre più di rado.

Un anno dopo anche mio padre morì.

Venne un ragazzo con la bicicletta dalla campagna a dire che era stato colto da un malore mentre innestava un albero da frutto. Non provai tanto dolore. Ai funerali non versai nemmeno una lacrima. Avevo tredici anni.

Il Tribunale mi affidò a una vecchia zia che mi insegnò a cantare. Da giovane era stata soprano leggero in una compagnia di operette. Passavo tutto il tempo a esercitarmi a cantare e a suonare il pianoforte. A quindici anni sapevo più di cento canzoni.

Un'estate lo zio "dottore" venne a trovarmi e mi propose di seguirlo in un viaggio negli Stati Uniti. Fu un'esperienza straordinaria. A Detroit, lo zio decise di farmi cantare un paio di canzoni. Fu un trionfo. E così entrai in compagnia. A diciassette anni ero la primadonna. A diciotto tutti i giornali parlavano di me come la nuova Wanda Osiris. A venti anni, quando cominciavano a piovermi le offerte anche per il cinema, ci fu l'incontro che ha cambiato la mia vita.

Ritornavo in Sicilia dopo otto anni. Avevo l'accento cambiato, mi sentivo una forestiera. Mi ricordo alla stazione ferroviaria gli sghignazzi dei ragazzini e lo scandalo degli adulti perché ero scesa dal treno con un completo pantaloni, con un abito da maschio.

Non la sentivo più mia questa terra.

A Messina dopo lo spettacolo venne a trovarmi un signore distinto, poteva avere venti anni più di me. Mi portò cento rose rosse. Un ammiratore – pensai – come tanti. Ma mi sbagliavo.

La tappa successiva era Ragusa. A fine spettacolo ancora cento rose. Poi Palermo, Reggio Calabria, Napoli. E lui era sempre in prima fila. Mi portava i fiori in camerino e spariva.

Mai una parola.

A Roma decisi di chiarire la faccenda. Lo invitai nel mio camerino dopo lo spettacolo. Era un barone di Catania, dichiarò di essersi perdutamente innamorato di me. Nemmeno ci conoscevamo e gli risposi che era prematuro parlare di amore.

Ma lui era disposto ad attendere. Intanto avrebbe continuato a seguire la compagnia.

A Genova mi chiese di sposarlo. Giurava di farmi continuare a lavorare nello spettacolo e anzi si offriva di farmi da manager. Ma io non l'amavo e consideravo questo discorso chiuso.

A Torino mi mostrò una pistola.

Si sarebbe ucciso se non l'avessi sposato. Ho avuto paura. E l'ho sposato. Dopo un mese ero incinta e fui costretta ad abbandonare il palcoscenico. Per il lavoro non c'erano problemi. Avevo contratti per altri cinque anni.

Mio marito ritornò ad occuparsi delle sue terre. Dopo un anno dalla nascita di Roberto e di Claudio, i miei gemelli, decisi di ritornare allo spettacolo. C'era il cinema ad attendermi. Dovevo girare un film a Milano.

Mio marito si oppose, mi avrebbe tolto i bambini se avessi continuato a fare il mio lavoro. Ho avuto di nuovo paura. Mi ha strappato le agende coi numeri telefonici dei miei colleghi. Riuscii a salvare gli articoli di giornale e le locandine dei miei spettacoli nascondendoli in un vecchio baule in soffitta. Dovevo dimenticare il mondo dello spettacolo. Mi proibì finanche di canticchiare a casa mentre cucinavo. Non voleva neanche che guardassi i varietà in televisione.

Per cambiare aria andammo a vivere in campagna. Nessuno doveva sapere del mio passato. Anzi si inventò che ci eravamo conosciuti a Torino dove io studiavo taglio e cucito in un orfanotrofio.

È riuscito a nascondere il mio passato e quasi quasi a convincermene.

Come se io e la soubrette fossimo persone diverse. Qualche volta ero tentata di scappare, ma poi pensavo ai bambini, pensavo alla pistola, avevo paura e finivo col restare.

Veniva fuori la siciliana che ero sempre stata nonostante le minigonne, i pantaloni, gli Stati Uniti. Mi ero illusa di potere essere diversa solo perché a quattordici anni avevo lasciato la Sicilia per il continente, solo perché avevo respirato la polvere del palcoscenico, perché avevo un lavoro che mi aveva fatto girare il mondo, perché avevo conosciuto il successo.

Era stata un'illusione.

I cromosomi non erano cambiati e alla prima occasione si erano svelati con tutta la loro indolenza e subordinazione.

Quando è morto mio marito è stata una liberazione.

Finalmente avevo veramente cambiato aria. Per tutta la vita mi sono sentita dire «ti farà bene cambiare aria». Ma mai mi ero accorta dell'odore diverso che può avere l'aria quando si è liberi.

Me lo hanno detto tutti. Mio padre, dopo la morte della mamma, per convincermi a vivere con lui in campagna. La zia per farmi vivere con lei dopo la morte di mio padre. Mio zio per portarmi in palcoscenico. Mio marito per allontanarmi dallo spettacolo. «Cambia aria, cambia aria, cambia aria», il tormentone della mia vita. Quando poi l'aria è cambiata veramente ho trovato il coraggio di dire tante cose. Quando i polmoni respirano bene, il fiato è più lungo. E c'è più coraggio. E così ai miei figli ho spiegato ogni cosa. Ho detto che la loro mamma era stata una star dello spettacolo e che papà per paura che loro non capissero mi aveva proibito di parlarne. Si sono entusiasmati subito. Mi hanno fatto tirare fuori dal baule tutte le foto e le locandine dei miei spettacoli. I manifesti più belli li hanno appesi alle pareti delle loro case. Per me è stata una grande soddisfazione vedere i miei figli orgogliosi di un passato che per quasi quarant'anni ero stata costretta a nascondere.

Ora sono felice. Sono tornata ad andare al teatro – mio marito mi aveva proibito pure questo – e a cantare.

Canto per i miei nipotini, fieri di avere una nonna che un tempo è stata famosa come la Cuccarini.

Indice

PRO MEMORIA

Promemoria accoglie e annota "documenti umani" da tenere a mente, talvolta da ripescare. Carte, figure e costumi. Tra cultura popolare e studi demologici, civiltà materiale e folklore, fonti orali e tradizioni, dialettologia e "grammatiche" del volgo. Sono queste le direttrici lungo cui procede questa Collana, che ospiterà episodi e sintesi di vicende storiche proposti in modo irrituale e accattivante, studi su feste e manifestazioni pubbliche collettive, canti, ninnenanne, proverbi, leggende, "parità e storie morali", fatti memorabili, satire, etnostoria e magia, personaggi (reali e della fantasia) da ricordare.
Un *memorandum* di "appunti" in perenne operatività nei comportamenti e nel pensiero collettivi e individuali. Una memoria condivisa, sebbene non sempre consapevole, di trasversale e generale interesse.

1) Sara Favarò
PROVERBI SICILIANI IN USO
tradotti e interpretati

2) Salvatore Mugno
PEPPE NAPPA
Maschera e caratteri storici dei Siciliani

3) Sara Favarò
MODI DI DIRE SICILIANI IN USO
tradotti e interpretati

4) Sara Favarò
PROVERBI E DETTI SICILIANI ANTICHI
da Petru Fudduni ai nostri giorni
tradotti e spiegati

5) Amelia Crisantino
FIABE SICILIANE
dalla raccolta di Giuseppe Pitrè

6) Giacomo Pilati
LE SICILIANE

7) Augusto Cavadi
PALERMO
guida insolita alla scoperta di una città indecifrabile

8) Sara Favarò
SCIOGLILINGUA E INDOVINELLI SICILIANI
puliti e *vastasi*

9) Sara Favarò
FILASTROCCHE E CONTE SICILIANE
con traduzione e provenienza

10) Sara Favarò
MINCHIATE
dette scritte sottintese

11) Sara Favarò
FAVOLE SICILIANE
DI GIOVANNI MELI
trascritte e tradotte

13) Sara Favarò
'A CRUNA
antologia di Rosari siciliani

Finito di stampare nel mese di agosto 2019
per conto dell'editore Di Girolamo